朧月書版

朧月書版

窄巷深處的王冰

小野美由紀
yoco 繪

Contents

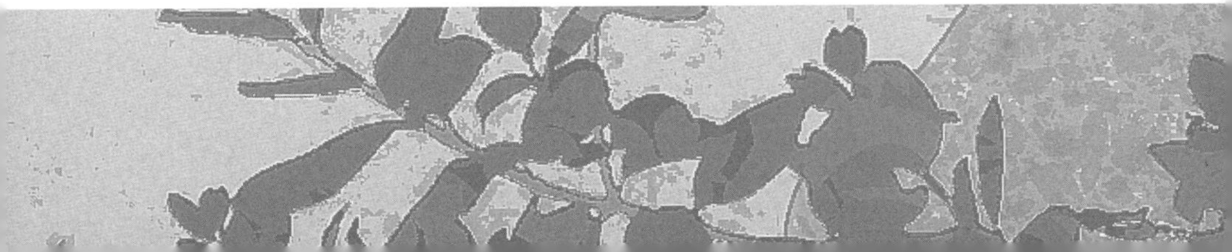

序

聽好了，你要傾聽骨頭的聲音。
連你都不知道的自己的聲音，
你內在眞實的聲音。
不是血液，不是肉體，不是外表。
只有它是讓你之所以爲你的根基。
那正是，唯一能夠拯救所愛之人的——

第一章

路的末端，散落著一地的花瓣。埋在泥濘裡，任風怎麼吹也不曾飄散。彷彿死者的魂魄踩在上頭。彷彿對人世還抱有遺憾，始終停留在原地不肯離開。

橡膠拖鞋踩著乾澀的腳步聲在巷子裡橫衝直撞，迴盪在每間鐵皮屋的屋頂。感覺到陽光悄悄穿透格子窗，射進眼皮底下，我醒了過來。如果直接屈身起床，積滿灰塵的床墊一定會嘎吱作響。我不想吵醒睡在另一張床上的姨媽，於是躡手躡腳地爬起來，穿上鞋子，推開沉重的鐵門來到屋外。

朝陽剛升起的街道，在漫天塵土覆蓋之下看起來更顯得乾燥。早晨白晃晃的日光像叉子般刺進灰色的工寮聚落，越發彰顯它們殘破不堪的輪廓。作為一天開始的信號，不論從哪條細小的岔路，都可以聽見孩子們的腳步聲從四面八方此起彼落地傳來，紛紛衝往大街。

「璐。」有人從後面叫了我一聲，回頭一看，是蕭易。

「老大叫我們兩、三個人一組，去海岸那邊的市場。有『外國船』來了。」

他頂著那張布滿雀斑的臉，只丟下這句話便轉過身，趕在我前面飛奔而去。我也趕緊跟上腳步，該上工了。

我從三年前開始在這條街上討生活。

雙親死於流行病，家裡經營的骨董店瞬間就轉手讓給了別人。於是我輾轉來到這裡，投靠母親的遠房親戚吳芬姨媽。姨媽一看見被帶到家裡來的我，就大嘆了一口混著酒味的氣，接著馬上往我的臉搧了一巴掌。就連那一掌，都是不經思考，甚至是毫無意識的，她似乎對自己的任何行為都不願意浪費絲毫力氣。我從那痛楚之中領悟了。從今以後，與惡意和暴力完全無緣的生活，就如同從出生到今天為止的七年光陰，都已經是回不去的過去。隔天，太陽才剛剛升起，她就把我踹出門外，撂下一句：「想吃飯就給我自己出去賺啊。」然後「磅」地一聲關上門。

之後，我和附近的孤兒們混在一起，學會了一身扒竊的本領。幸運的是，這裡有一大票差不多遭遇的孩子，因此倒也不至於覺得自己太過悲慘。周遭的大人也絕不會對我們興師問罪。畢竟為了盡可能地生存下去，就只能踩著別人往上爬，這是這條街上所有人都深切體會的事。

狹窄的巷子裡，緊密群聚的住宅受到終年吹著的海風侵蝕腐朽，屋簷下垂得簡直就要碰到地面。在這個季節交替不明確的南國小鎮，好不容易發現一絲絲轉瞬即逝的春天，緊接著就是夏天了。歡慶著春天到來的粉桃色花朵，在每間房子前染上片片花瓣。高高掛起的籠子裡有隻黃色小鳥在唱歌，在下面有一灘因昨日的雨而形成，還沒乾透的泥濘，溼答答地黏在地上。落下的花瓣和小鳥的羽毛、人們亂丟的垃圾和動物的糞便。這所有一切在路旁全部攪和在一塊，融為一體。然而即使在這麼嚴酷的環境下，泥土中還是傳出了令人難以置信，嫩草冒出新芽的氣味。

今天的市集比平常都還要熱鬧，大量人群在雜沓的大街上來來去去。只要有外國船靠港，馬上就會為市集帶來生氣。這對我們來說是絕佳的賺錢時機。

路的兩邊並排著擁擠的店鋪，商人們大聲招攬著早晨的第一批客人。魚販、菜販、肉鋪、香料店。顧客們爭先恐後地朝商品伸出手，大聲對著店主喊單叫貨。賣雞肉飯的攤車用玩具般的桌椅排滿整條路，也填滿了準備好接下來要勞動一整天的人們的胃。香草清新的香氣，以及熱湯的香味在大街上飄著，將我們的胃揪得緊緊的。賣優格的小販拉著攤車發出「喀拉喀拉」聲響，是吊在車上的牛奶罐互相撞擊的聲音。貨車在壅塞的街角互相擦撞車尾發出鈍重的聲音。通過之後，地面上像是經歷一條巨大鰻魚劇烈掙扎，留下許多扭曲凌亂的車痕。

我們並不會馬上行動。賺錢的好機會只會留給耐心等待的人，必須等待時機自己出現才行。有時，也會有小孩纏著在路邊扒飯的工人討一點零錢，但最多也只會得到一句「又在幹這種事」之類的碎念，然後被無情地趕走而已。

今天又有心急的車夫在魚販的店前撞車，大量的漁獲翻倒在地上，雙方的爭執一觸即發。要是打起來，就是我們出手的時候了。我絕不會把機會讓給伙伴，抓緊時機，跳進聚集看熱鬧的圍觀群眾形成的圈子裡。我們裝出一副也是要來看人家吵架湊熱鬧的樣子，這樣絕對不會顯得突兀。

圓圈的中心是車夫和魚販在互相叫罵。兩人的腳邊散落著數量可觀的魚，骨碌碌的眼珠子帶著恨意似的瞪著天空。我不斷擠過成群鼓譟的大人們，同時透過身上衣著的料子仔細判斷荷包飽滿的程度。在一群不怎麼乾淨的棉織品當中，只有一個人穿著上好的亞麻材質。鼓鼓的錢包正從屁股後面口袋探出頭來。我一臉若無其事，往他的背後輕手輕腳地靠近。控制自己慢慢吐氣，這麼做可以抒解橫膈膜的緊張。要是內臟緊繃起來，身體的動作可是會跟著僵硬，這是老大教我的。

男人很專心在看熱鬧，一點也沒有注意到。我默默將力量集中到指尖，感覺到耳根逐漸發燙，周遭的喧囂騷亂都倏然遠去。將錢包抽起時神經傳來的興奮感，拿到手後的虛脫感，和小孩子專心玩著祕密遊戲時出現的感覺如出一轍。將意識聚焦在指尖的一個點，不著痕跡地插進男人屁股後面口袋，感受到柔滑的皮革觸感。用指甲勾住錢包一角，慎重地拎起。一邊緩慢地，重複著呼吸。

扒竊毫無破綻的成功了。把高級的皮革從布料的夾縫間抽出來，享受滑順的手感，下個瞬間沉甸甸的重量就來到手中。我把錢包塞進自己褲子後面的口袋裡，又一副若無其事的樣子往人群外面走去。從鼓脹的程度和重量來看，今天的收穫靠這一把就夠了吧。正好，魚販和車夫的爭執也告一個段落，群眾有如雨後的雲，開始快速往四方散去。老闆苦著一張臉忙著撿那些沾滿塵土的魚。我不經意地在他身後的貨架邊，看到一隻挺不錯的飛魚滾落在地，如果把它帶回家，今天的晚餐就能變得更豪華。這樣每天喝白粥，對成長期的身體來說根本就撐不住。

我停下腳步，悄悄靠近魚販的身旁，在不被老闆發現過來罵人的前提下，很快地將飛魚撿起來藏到背後，用T恤蓋住。然後直接鑽進魚販和隔壁藥房之間的小巷裡。

羅織得密密麻麻的狹窄巷弄覆滿大街的深處，造就出有如鎖孔內部構造般繁瑣，就連此處居民都無從知曉的祕密通道。我鑽的便是那當中的一條小巷。就算白天也沒有任何光線照得進來，堪稱是犯罪和私通的溫床，但這對我們來說正好。只要鑽進這裡，暫且就不會被抓到了。

突然「嘎登！」一聲，一股燒灼般的疼痛伴隨著衝擊襲上後腦杓，我被揍了。就在理解到自身情況的下一秒，人已經趴倒在地面上。

「你以為沒人發現嗎？」

是剛才那個穿西裝的男人。他沒有給時間回話，直接騎到身上，甩了我一個耳光。腦袋深處發麻，痛得沒有辦法呼吸。男人扯著我的衣領，將我拖往巷子的更深處。鞋子掉了一隻，腳跟一路刮著覆蓋地面的泥土。

「剛好今天從一早就很不爽啊。不如來陪我打發打發時間吧。」

被丟在地上，男人將粗壯的身軀擠進雙腿中間的時候，我預期到即將要遭到什麼樣的對待，連內臟都縮成一團。我想逃，但才一掙扎，男人便毫不猶豫地往我的胸口猛砸了一拳。像是連頭頂都要碎裂般的力道讓視野天旋地轉。昨天吃的稀粥混和著胃液溢出喉嚨。男人不顧那身高檔的西裝會被弄髒，朝我壓上來。壓倒性的體格差距完全無計可施。

「我看你的臉還挺面熟啊。在這一帶混很久了是吧。」

腹部傳來一陣冰涼的觸感，往下一看只見一把刀抵在那裡。男人維持著拿刀的姿勢，單手脫下我的褲子。接著他強硬地分開反射性想要閉緊的雙腿，毫不留情地插了進來。

身體像是裂成兩半的痛處，以及內臟被擠壓的不適感使我連一點聲音都發不出來。僵硬緊繃的那裡抗拒著異物入侵，但男人粗暴地撐開塞入，試圖抽送。

「要是乖一點的話，我可以好好疼愛你喔。」男人的手指摸上胸前。我揮開他的手，剛剛被揍的地方馬上被手掌用力一壓，胃液再度湧了上來。作嘔的感覺使身體動彈不得，男人便趁勢更用力地挺進。意識在恐懼中慢慢凝固，逐漸開始接受男人的侵略。

就在那一剎那。

「咚咻！」一聲巨響，只見黑影從頭頂落下。接著男人的軀體伴隨著「嗚呃」的呻吟聲離開我身上。

連忙抬起頭，男人已經倒在距離約一公尺前方的地面。而另一邊，在屋頂間僅剩的隙縫射進來的陽光底下，有個人站在那裡。被陽光晒得透亮的琥珀色頭髮，還有那即使在陰暗小巷也匯聚所有光芒，白皙得耀眼的肌膚……

「王冰！」

「璐，快走！」

熟悉的嗓音在牆壁間迴響。我幾乎已經僵直的身體瞬間找回了活動力。重新振作精神站起來，立刻使盡全身力氣拔足狂奔。往原先大馬路相反方向，更加幽暗的深處前進。把那個正抱著頭，蹲在地上的男人留在原地。

「一跑到大馬路上就直接衝到對面街區。就這樣一路跑到乞骨街去吧。」

背後傳來他的聲音。我的身體馬上就變得像子彈般銳利。力量灌滿全身，腳比剛才更用力地踏過地面。一路上泥水飛濺，踩過倒塌的牆壁殘骸，卯足全力往巷子深處奔去。

突然聽見「啊」的一聲尖叫，回頭便看見王冰被男人扯住了頭髮。男人粗壯的手臂將他拉過去。偌大的手掌一把蒙住想要掙脫的王冰的臉。接著傳來一陣「呀啊啊」的淒厲慘叫聲。王冰朝著男人的手咬了下去。潔白的牙齒往食指根部狠狠地扎進去，深深地刮咬著。男人揮著手臂想要甩開，但王冰沒有鬆口。手指的肉被剜開，白色骨頭露了出來。

「混帳，你他媽搞什麼鬼！」

被對方一頓拳打腳踢之後，王冰才總算鬆開嘴。他一轉眼就找回身體的控制權，輕蔑朝痛得縮在地上的男人瞥了一眼，馬上往我的方向跑過來。

「還等什麼？走了。」

我們全神貫注地跑著，朝陰暗的窄巷盡頭而去。閃避兩側裸露的土牆，往我們居住的區域跑著。屋頂之間的縫隙偶爾會射進幾道閃光般炫目的光線。男人的咆哮聲從後面沿著牆壁追趕而來。錯綜複雜的巷子慢慢變得寬廣，從房子的間隙可以窺看到的天空面積也逐漸變大。

男人的罵聲逐漸遠去，終於微弱到再也聽不見的同時，我們總算跑到了陽光普照的大馬路上。

「過河之前還是繼續跑吧。到那邊就安全了。」

像是要將人海的縫隙縫補起來似的鑽來擠去，來到小鎮的郊外。越過那條將隔壁城鎮和我們城鎮分隔開來的河流，跳進建築物的陰影中，我們總算吐出放下心來的嘆息。

「王冰。」

我對一旁劇烈喘息著的少年出聲道。他沒有回答。他把手撐在膝蓋上，彎著身子大口喘氣。透過遮住臉龐的長髮，隱約露出那張沾著溼黏鮮血的嘴。經過久到幾乎令人緊張的一段時間，他抬起臉道。

「我說你啊！」

他用著足以震破鼓膜的超大音量向我大吼。

「不是說到手之後不要放鬆戒心嗎，都說過多少遍了！白痴！」

距離近到鼻尖都能碰在一起，王冰斥責的話語直接轟炸著我。

「東西一到手，就要馬上離開現場。絕對不能讓對方看見你的臉。這是最基本的吧。」

那顏色淺淡的瞳孔在陽光照射下含著金光，乃至於細長的眼尾和精緻的睫毛都透著光芒。嘴角因為被男人打過的關係，變成像是李子醬一樣的紅黑色。和清爽聳立的鼻梁之間產生的落差，看上去讓人覺得更痛了。

「抱歉，王冰。我下次會注意啦。」

我坦然道歉。我被人盯上，就等於是讓一起行動的他陷入危險之中。對大人們來說，這個鎮上的孤兒們就跟不管怎麼對待都無所謂的狗一樣。被抓到的下場，可不是少個一、兩根手指就能解決，時常有更加毒辣的暴力會加諸到我們的身上。伙伴中不少人已經因此而無法再扒竊，淪落成了乞丐。

「那條魚，我想拿回來分你吃。」

大概是稍微氣消了，他撇過臉說道。

「真是，不要老是害我擔心啦，智障欸。」

然後就這樣逕直邁步向前走去。好勝心強的他不管對誰都是一張刀子嘴。儘管嘴上不饒人，從那變得輕快的腳步就可以看出其實已經沒那麼生氣了。

「啊啊，今天全都做白工啦。看來又要被老大爆揍一頓了吧。」

眼前的背影只比我高一點點。從那件不知道從哪裡撿回來的鮮豔粉紅色坦克背心底下，隱約可以看見單薄的肩胛骨。脖子細瘦到可以明顯看出頸椎的形狀，波浪鬈髮絲在其上擺動著。琥珀色的細軟頭髮在陽光照射下，可以看見當中參雜著幾許如同南方鳥類般的橘紅。拜這和個性相反，像少女一樣的美麗容貌所賜，就算去恐嚇勒索也始終無法給人什麼壓迫感，這是他唯一的弱點。

「王冰你那邊的呢？」

「沒了啦。剛才被男人抓住的時候搞丟了。」

他攤了攤手表示空空如也，頭也不回地說道。然後突然想起什麼似的停下腳步，捲起身上的背心讓我看。他的側腹露了出來。

「那個混帳，竟然直接就用皮鞋踢過來欸。你看啦。」

薄薄的皮膚上，紫色瘀青像是要填滿肋骨的間隙般蔓延開來。透亮的乳白色肌膚上就連一個雀斑也沒有，變色的部分因此顯得更加醒目。

「……真的抱歉。」

我再次道歉，這次帶著後悔的心情。王冰每次都能比年紀較大的孩子們多賺幾倍回來，今晚能分到的卻因為我的失誤而減少，實在讓我很自責。我們這些孤兒，必須把一整天幹下來的所得全部交給老大，讓他抽掉很大一部分之後再分配下來。業績太差的人，有可能哪天就被趕出去做別的**生意**了。絕對不能害他落得那樣下場。

可能是察覺我心裡的想法，王冰語氣帶著幾分溫柔地說。

「別擔心啦。走了。」

我們所居住的乞骨街是位於半島南端的老舊港邊小鎮。隸屬於終年從海上吹來南風的潮夏市，受到和日本貿易關係發展很好的隔壁市區恩惠，只是個勉強撐著的衰敗貧民窟罷了。熱帶氣候長期的悶溼日晒下一年到頭都飄散著腐敗氣味，雨季時則由於每天好幾次的陣雨使得地面總是泥濘不堪。在此地生活的人們，每一個每一個，也都是在泥底掙扎只為呼吸下一口空氣般，在這裡生命確實就只有這種模樣。

女人們——雖然也不單只有女人——負責承受來到港口的男人們的欲望，而男人們則依靠著掌控港口的黑幫那伙人賞賜的零頭，賺來的也只夠過一天算一天。收入明明已經少得可憐，每個人還是寧可二話不說地把錢拿去換成酒，能多換一滴是一滴。被收養的這三年以來，我從沒看過吳芬姨媽把錢花在賭博和喝酒以外的地方。在廚房的櫃子裡看見明天早上要煮的米都很罕見。不過話又說回來，她賺的錢其實跟身為小孩子的我從別人的錢包借來用的金額差不了太多，實在無可奈何。日子就在打架和賭博之中過去，就算是隔壁鄰居只要有機可趁也互相算計。為了維持生存所需能用什麼正當的方式賺錢，所有人都從來不知道，也根本不曾想過。不論是大人小孩，全都在泥沼底層摸爬打滾，彼此互相掠奪著過活。

我第一次見到王冰，是在才剛來到這個鎮上，從組織裡年紀比較大的那些傢伙們接受「洗禮」的時候。

每當有新人到來的時候，他們會把目標追趕到人煙罕至的地方，剝個精光從頭到腳進行**驗貨**。作為帶頭者的杜瓦對這件事情特別執著。當時的我不僅是從東方流浪過來的，而且不是「真正的」孤兒，也因為身材瘦削矮小而成為嗜虐傾向嚴重的他絕佳的目標。

「你這傢伙，其實根本就是吳芬的孩子吧。」

杜瓦逼近我，一字咧開那張全是蛀牙的嘴。被追到逃進死胡同裡的我不住地顫抖。

「那個婊子，根本就是臺破公車啦。之前還有人看到她在路上跟狗幹在一起咧。」

「你是狗的種喔？」他的同伴們馬上一陣哄笑。

「狗雜種，那裡大概也跟人類長得不一樣吧？」

杜瓦猛然把我推倒。我跌倒在地，雙腳被高高抬起。他帶著強烈壓迫感的身體將視野完全遮蔽。

「讓我看看啊。如果跟人類長得不一樣的話，可以幫你切掉。」

就在我因為害怕，放棄抵抗閉上眼睛那時，突然，傳來「呀」地一聲尖叫，伴隨著鈍重的聲響。我吃驚地抬頭一看，杜瓦已經倒地不起，一個沒見過的少年正騎在他身上。原本聚集在四周的壞孩子們同時散開成一個圓圈。

「你們這些傢伙，還在幹這種事啊。」

看樣子他似乎是從屋頂上跳下來的。他很快地站起身，叉開雙腿嚴肅地站到杜瓦面前。

「王八蛋，你幹什麼！」

杜瓦一邊叫嚷著，從地上爬起來。

「老大是叫我們教新來的傢伙怎麼賺錢，除此之外，沒有說需要幹多餘的事。」

「這種四不像，我們可是好心教一教他這裡的規則啊。你閃邊去。」

「那種規則是你隨便規定的吧。」

「滾。」少年簡短地說道，接著直接對我伸出手。

「喂，你在那邊自作主張出什麼手啊！」

杜瓦抓住少年的手臂。少年面對杜瓦的咆哮完全面不改色。他擺出要和杜瓦對抗的架勢，挺起胸膛，直直地瞪著對手。他的眼神充滿挑釁，雙唇緊閉。但與態度背道而馳的是，他身體的每一處每一處細微的部位都小巧精緻，給人像是雨傘的裝飾，或是皮影戲人偶的骨架那般纖細的印象。

兩人持續互瞪。杜瓦的臉像蟾蜍一樣扁平，表情扭曲得擠出醜陋的皺紋，顯得更加難看了。不過從絲毫不想讓對手有機可乘的樣子看來，似乎是曾經被對方狠狠教訓過。

過了好一會兒，杜瓦像是終於找到反擊的材料似的笑出來，說道。

「你這傢伙也是個臭人妖四不像，所以才這麼同情他嗎？」

話音未落，少年的身體已經躍然而起。他果斷地揍了比自己體型大非常多的杜瓦。一場亂鬥就此展開。

「幹掉他，大家上啊！」杜瓦的同伴們全部朝他衝了上去。

少年的行動非常迅速，快得讓人好奇那樣纖瘦的身子是從哪裡冒出那麼多力氣。身體一圈又一圈地飛舞，一面迴避杜瓦出拳的同時一邊回擊。但終究是寡不敵眾。他被拽倒，一瞬間就被壓制在地面上。泥土濺起，弄髒他白淨的臉龐。

「你這傢伙，還敢囂張啊。」杜瓦的眼裡燃燒著憎恨的光芒。

「你業績那麼好，聽說也不只是因為偷東西的技術好而已嘛。骯髒下流的不男不女。我就來見證一下這個傳聞吧。」

杜瓦才剛把手放到他的領口上，大量的水突然從頭頂上潑下來，把兩人淋得全身溼透。

「吵死人啦，不要在這種地方打架惹事！」循著那道沙啞的說話聲，發現三樓的窗戶有一抹黑色人影。「下次就滾一鍋沸油潑下去啦。」

一幫孤兒們訕訕然地離開了。杜瓦雖然一再回過頭來，但還是走了。巷子深處只剩下我，和那個少年。

直到剛才都還被壓在地上的少年，像是要抹除前面發生的事似的快速站起身，來到仍坐在地上動彈不得的我身邊。

「你沒事吧？」

他對我伸出手。

「別太在意了，杜瓦就是討厭外來者……尤其是『混種的』。」

混種的——這個詞指的對象也包含他自己，這件事從我第一次近距離看見他的臉就發現了。無庸置疑和每個部位都塌成一團的南方人長相有著非常明顯的差異。眼鼻間的稜線深邃立體，薄薄的雙唇彷彿擦了口紅般鮮紅欲滴——大概是西方臉孔吧。

「以後啊，就算被追也不要往路很窄的地方逃啦。你這樣沒有人救得到你欸。」

或許是太過害怕，我一直以為自己動不了，直到少年抓住我的手，倏地往上一拉，讓我站了起來。

和白皙光滑的外表形象相反，他的掌心暖烘烘的。

「別擔心啦，那傢伙遲早會玩膩的……你叫什麼名字？」

「璐。」

「璐……是嗎。我叫王冰。」我的名字被用歌唱般的南方口音念出來，誘人地鑽進耳朵裡刮搔著。儘管他的眼眸從剛才便散發著堅強的意志，現在融進了一點點柔和。

「請多關照啦，璐。」

從剛才就被抓著的我的那隻手，現在被更用力地握了握。我也趕緊回握。他臉上，方才始終嚴峻的表情和緩下來，變成溫柔的曲線。我自從來到這個小鎮……不，自從雙親過世以來，第一次感到心底深處被溫柔地攤開撫平，同時也感受到從來沒有經歷過的刺癢騷然，希望那隻手能夠一直握著到天長地久。

當時的他看起來頗有種大人的樣子。我們同齡這件事是更後來才知道的。

他的家人被強盜殺害了，則是我聽老大說的。據說是在深夜，全家人在睡夢中被襲擊，只有起床小解的王冰逃過一劫。這個鎮上大家認為長相比較洋派一點的人比較有錢，實際上王冰的雙親是做從花南一帶運過來陶器生意的中盤商，稱不上特別窮或者生活困頓的程度。不過如果要搶劫一定還有其他更有錢的家庭。生活在狹窄屋子裡的一家子之所以會命喪黃泉，肯定有其他的理由，但實在不是我所能想像得到的事。更何況，他對自己家人的事情絕口不提。就好像，不想被痛苦的過去困住而決心劃清界線。

他走路的步伐總是很從容。從第一次見到時候起，他的目光從來沒有悲嘆自身境遇般往地面低垂，更不帶試圖從別人身上找出與自己相同黑暗面的扭曲神色，就只是專注地直直看著前方的道路。當時的我，還未曾思考過他那樣的眼神是由他人生中的哪個部分造成，未來又將把他帶往何處。只是目不轉睛地望著將胸膛挺得像船帆那麼飽滿，將背骨豎得像船桅那麼直，直視前方的英姿凜然的背影，感到目眩神迷。

如今我才明白。要不是有他的存在，我怎樣也無法度過在泥沼底層打滾般，在這個小鎮的生活。

「沒被他們跟過來吧？」

走在前方的王冰回過頭來說道。我們要去的是被我們稱為祕密基地的隱密場所。

我們一邊小心著不要踩到掉在地上的磚瓦碎片，一邊往暗巷的深處前進。在幽暗的陰影之中，傳來不知從哪戶人家飄出來的白煮蛋的味道，還有足以震破耳膜的嬰兒哭聲。我嗅了嗅手指頭，聞到剛才沒偷成的魚殘留下來的腥味。肚子「咕嚕」地叫了起來。今天沒有午餐吃。

終於來到海邊。鈷藍色的海面受到春天陽光的照拂，反射著柔和光芒。向堤防那頭不斷延伸的景色，和荒誕的生活無關總是一片溫柔。王冰走路的步伐，也似乎在不知不覺中變得平穩。

順著長滿無限茂盛濱旋花的斜坡往下走，雙腳被溫暖的砂掩埋，一邊往大岩石走去。海風吹在身上，打溼了肌膚。開闊的沙灘再過去，就是貼著海灣形狀聳立的懸崖。我們要去的祕密基地就在那裡。

沿著懸崖繼續往前走，小小的洞穴終於從岩壁之中顯現出來。

裡頭很寬闊，以兩個小孩子來說是可以輕鬆並肩走在一起的寬度。洞穴盡頭有個小小的祭壇，旁邊立著和我們身高差不多的海神神像。那是很久很久以前，這個地域祭祀的航海守護神。祂的下半身覆滿鱗片，雖然有頭豐盈的長髮，但胸前一片平坦，身體也像是小巧玲瓏的少年。祂的視線向下低垂，嘴角帶著一抹十分幽微的笑意。在這個地域流傳的古老傳說當中，有許多既非男也非女，半陰半陽的神，也有許多混有獸類血緣的神。明明在神話的世界為大家所尊崇，為什麼

「四不像」在現實就被侮蔑呢？在這個大部分由南方人構成的小鎮，人們只為了追求快樂，從沒考慮過其他理由而交媾，混血兒也非常多，但出身帶來的歧視血淋淋地存在著。

王冰把神像腳邊的石頭拿了起來，「來，這是今天的收穫。」他說道，從塑膠袋裡拿出幾張鈔票遞給我。

「幹嘛不早說其他東西搞丟，但錢沒丟啊。」

我直勾勾地盯著他看。究竟為什麼，他會願意跟我混在一起呢？是像杜瓦說的「同是四不像」而產生的同情嗎？

「你這麼在意喔？」不知道是不是誤解我視線的含意，他對我露出微笑。形狀優美的嘴唇呈弓形往上翹起。王冰「砰」地敲了一下我的頭。

「下次注意一點啊。」

灰濛濛的昏暗微光從岩石的裂縫射進來，照在他的臉上。現在身處此地，讓他的皮膚顯得格外潔白。在這個終年飽受烈日灌注的南方小鎮上，擁有這種膚色的除了他以外再也沒有第二個人。我從猥瑣大人們的閒聊當中有聽說過，西方長相的女人因為有一身光滑的肌膚，在夜晚的世界可以值比較多錢。假如能被肌膚像他那樣光潔的女人擁抱的話，毫無疑問一定會很舒服吧，就連從沒碰過女人的我也不禁這麼想。

正當準備走出祕密基地時，王冰突然從後面抓住我的手臂。

「你這裡，怎麼受傷了。」

一看才發現手肘的皮膚裂開了，正在流血。大概是剛才被男人壓在地上時弄傷的吧。傷口還沒有乾，可以看見鮮紅色的皮肉。

「沒什麼大不了的啦。舔一舔就會好了。」

我愛面子地這麼說道。努力伸長舌頭，還是沒辦法舔到手肘附近的位置。王冰看不下去，再次拉起我的手。他彎下身子，把嘴湊上我的手肘。

嘴唇柔軟的觸感，在薄薄的皮膚上滑過。我叫了出來。舌頭舔過的地方傳來一陣刺痛。

「很痛吧？」王冰抬起眼看著我。濡溼的舌頭被裸露出的皮膚黏膜給黏住。不知道是疼痛，還是心裡那股還搞不清楚是什麼的騷動，我的身體發燙。

「……還好。」

我想把手抽回來，但王冰並沒有要放開的意思。我只好縮著身體，靜靜忍耐發癢的感覺。

好一會兒他才抬起頭來說道。

「晚點去米米那邊擦點藥膏吧。快要夏天了。傷口要是不消毒的話會爛掉。」

下了場陣雨後，暈黃夕陽向海的另一端沉下，夜晚這才伴隨著喧鬧而至。涼爽的晚風吹過街道上，點點燈火也逐一亮起，朦朦朧朧地照在漫步走過的人們臉龐。

王冰跟我走在路上，嘴裡舔著棒棒糖。越靠近河岸一帶，街上瀰漫著的享樂氣味就越發濃烈。當比燈火還要耀眼的銀白色月光來到頭頂上的時候，五彩斑斕的霓虹燈如花朵般四處盛放，在烈日下藏身起來的人們，被欲望驅使從建築物裡頭現身。

來到河邊的三叉路口，米米一如往常地表演著皮影戲。圍觀的人群已經聚集了起來。

米米是個年紀比我們還小一點的少女。她每晚都會在這邊賺點錢。她的父親早在出生時就已經不知去向，是母親憑著一己之力獨自把她撫養長大，但聽說也在幾年前過世了。

不論是大人或小孩，都沉醉在黃光布幕上生動搖曳的皮影戲之中。演出的劇目是這個地域充滿特色的精靈神話。光影一到她的手中便得以自由自在收放，跳出比人類更加活潑靈動的步伐，甚至可以演出幻想中的壯闊場面。每到精彩之處觀眾便會喝采，並投下一些零錢。

戲演完之後，米米往我們這邊走了過來。長髮用黃色髮帶綁成一束，露出了額頭。膚色讓人聯想到熱呼呼的紅茶，一頭蓬鬆秀髮是亞麻色。眼眸則是像由高臺向下眺望淺灘的那種琉璃色。雖然膚色不同，但那線條分明的長相和王冰很相像，看得出來應該也有一點西方人的血統。

「還好嗎？又受傷了嗎？」米米看著我們，一臉擔心地問。

「是我失手的。」我回答道。「王冰也被我害慘了。」

「才沒有那麼嚴重咧。」王冰把臉撇到一旁。

「你們真的要更小心一點啦。最近這一帶的大人們都很暴力。因為隔壁鎮不是剛開放新建的港口，他們很怕這裡的工作會變得比現在還要更少。再加上，咬狗黨的那幫人最近也在改朝換代，整個殺氣騰騰。要是被盯上，會發生什麼事都不知道。」

我們這群孤兒集團的上頭，和這個鎮上呼風喚雨的黑幫咬狗黨的下層組織有所關聯。平時是靠扒竊勉強撐著餬口，有必要時候也會被叫去協助犯罪。在這個鎮上，光是作為一個孤兒活著，未來就注定要成為組織的一員。

「而且啊，你們也聽說了吧，最近好像連人口販子都在附近出沒欸。」

米米繼續說著，一邊從口袋裡拿出藥膏。她沾了一坨在手指上，然後開始在我的傷口上塗抹起來。我覺得有點羞恥而扭捏著身體，但她卻一副毫不在意的樣子。濃厚的薄荷味讓我燒紅的臉冷卻下來，並沒有被她發現我的臉紅。

「王冰也讓我幫你擦點藥吧。」

她說著向王冰的手臂伸出手，卻被直接揮開。

「不用，我自己來。」

即便在月光下也能看出他的臉頰染上一抹紅色。兩人並肩看起來就好像是神話世界裡的姊弟一樣。亞麻色長髮的美麗少女，以及金髮飄逸的王子。王冰是不是喜歡米米呢？我突然這麼想著。

我們在橋的旁邊坐下來，無所事事地看著來來往往的行人。

「祭典就快要到了呢。」米米看著街上搖曳的燈火說道。

雖然這個小鎮的特色就只有貧窮，但到祭典的季節還是會勉為其難地妝點一番。街上掛滿燈籠，會有很多觀光客來湊熱鬧，整條大街充斥著炸物點心的甜味。路邊會有巡迴藝人搭起戲臺，街頭巷尾也都能看到吟遊演奏者或是舞劍的舞者在表演華麗的才藝。這樣的日子對於孤兒們來說不僅是最好的賺錢時機，也是一年只有一次的珍貴玩樂時刻。

「不知道今年會有些什麼攤位呢？」

「好期待啊。每年都會在西門外擺攤的黃穀包攤販真的很好吃欸。」

「今年是璐你父母過世滿兩年，所以得做祭拜儀式對吧？」

「對啊。」我回答。心想得要記得問問吳芬姨媽，遺骨收去哪了。

這個地域有特殊的習俗。死者往生之後立刻執行火葬，但會取下頭部的一塊骨頭留起來，塞進小小的圓球型香爐裡，三年後的祭拜儀式時和藥草一起焚燒。用意是讓亡者的魂魄隨著煙一起飛昇天際。對於還是小孩子的我來說，還沒有辦法理解得多麼深刻，但是每當看到大人們跪伏在祭壇前，淚流滿面地祈福祝禱的模樣時，總會覺得好像在聖廟的屋頂上，在月光照耀下裊裊升起的白色煙霧中看見亡者的魂魄似的。我從之前就有在想，到了祭拜儀式時要為父母買一個高級的香爐。

「……那王冰你怎麼辦呢？」米米偷偷瞄他一眼。

「王冰的父母，也一樣到了做三回忌的時候吧？」

「王冰啊，父母的遺骨，有在你那邊嗎？」我也顧慮著他的感受小心地問道。至今為止一直都避免開啟這個話題。

「不在我這。」王冰嘴裡塞著糖，語氣粗魯地答道。

「他們兩個啊，欠了一屁股債，死後要處理遺產什麼根本就是一場災難。各路人馬都跑來，三兩下就全部搬個精光。連根小螺絲釘都沒留下。屍體也是『噗通』一聲丟進海裡了。連我也差點被抓去賣掉，就趕快從之前住的地方逃出來啦。」他的目光落到地面上，三言兩語地淡淡帶過。

「所以啊，連葬禮都沒有舉行啦。」

「……這樣喔。」面對他第一次說起家人，我感到心情有點震撼，還是開口回應道。

令人尷尬的沉默在三人之間流逝。

「再說。」他把棒棒糖從嘴裡抽出來，終於換成清晰的語調繼續說。

「就算有留下骨頭好了，我也不覺得會弄儀式去祭拜。雖然這樣說對璐好像有點抱歉，但是我才沒有在信靈魂什麼之類的東西咧。人啊，死掉一切就都結束了。什麼也不會留下。」

「才不是你說的那樣呢。」米米反駁道。

「不是都說靈魂是藏在骨頭裡面嗎？死掉的人們一定都會在天上守護活著的人。所以別說什麼祭拜一點用都沒有這樣的話。」

「那妳倒是說說看我們為什麼還在這裡過著這種生活啊。」

他的聲音裡飽含著藏不住的怒氣。米米嚇得打了個哆嗦。

「死去的人會幫助我們？……別笑死人了。相信那種事情又有什麼用啊。不管是祭拜還是什麼鬼的，全都是被留下來的人們自我滿足罷了。聽好了，人類可以依靠的，不論什麼時候都只有自己啦。」

丟下這番話，王冰站起身走進夜晚的街道中。米米帶著求情似的眼神望著他。我對米米道了個歉，趕忙追上他的腳步。

「王冰，你這是怎麼了？」

他頭也不回地，逕自朝著人來人往的夜市街走去。

「等一下啦。」眼看快要被往來的人潮擠散，我抓住他的手臂。「問父母的事情，讓你心情不好的話我向你道歉。」

王冰猛然停下腳步，回過身來看著我。

「不用，你完全不需要道歉。也沒有害我心情不好……剛剛說的都只是真心話。真的，沒什麼特別感覺。」

「不會覺得寂寞嗎？」

「這該怎麼說呢。」

王冰嘆了一口氣。

「老爸從大白天就只會一直喝酒，喝醉就揍老媽或者是我。老媽只要被揍就會馬上跑到別的男人那裡去，根本沒什麼在照顧弟弟妹妹。甚至，資金周轉不靈的話就利用我們去賺錢……就是因為這樣，他們死的時候啊，根本連一點悲傷的心情都沒有冒出來。」

低著的臉龐溶進黑暗之中，看不見他的表情。

「你之前聽到的說法是，我的家人被強盜殺了對吧？其實啊，沒有人知道是真還是假。因為附近的人都說，從來沒有看過死狀那麼悽慘的屍體……如果是強盜的話，有必要那麼殘忍地痛下殺手嗎。」

「你會想知道真正的理由嗎？」

「知道了又能怎樣。」

他的語氣再次變得不善。低垂的目光在地面上游移著。

「又不是知道以後，弟弟妹妹們就可以起死回生。我家也不可能恢復原狀啊。剛剛也說過了吧。死掉一切就都結束了。被留下來的人們能做的，就是至少不要重蹈死掉傢伙們的覆轍，好好向前看，振作起來活下去這樣而已了吧……但是。」

王冰抬起頭。眼底深處埋著一股從來沒見過的憎恨之光。

「讓弟弟妹妹們遭受到那種對待的傢伙們，我是一輩子都不會原諒的。」

他身後枝葉繁茂的茉莉花樹叢被風吹得不停搖晃，樹枝大幅地擺動著。花朵在月光照耀下像極一片片的刀刃，錚錚然地閃著亮光，看起來甚至有點駭人。花影之中，浮現出他鐵青的一張臉。

我搜索枯腸找不到可以回應的話，只是繼續站在那裡。至今為止，我一直把他當作經歷相同命運的伙伴看待，如今覺得似乎突然成為遙遠的存在。甚至有種感覺，好像只要一挪開視線，他便會以驚人速度立刻奔走到遙遠的地方，再也不會回來。而且我也知道，要是隨隨便便說出什麼膚淺的安慰，一定也只是更加傷害他的尊嚴而已。

他「呼」地吐出一口氣，別開目光。

「所以，就算是為了弟弟他們，我再怎麼樣都一定要想辦法從這個地方抽身離開。實在沒有多餘的時間跟力氣，去緬懷什麼死掉的人啦。」他說。

我們在十字路口揮手道別。王冰回到孤兒集團的根據地，我則是回到吳芬姨媽那邊。臨別之際，我再一次回過頭去，但他早已經混進其他雜亂的人影之中，被暗巷吸了進去，甚至連一絲氣息也沒有留下。

那天晚上，我被吳芬姨媽的巨大鼾聲逼得沒有退路，就算貼在牆角試著入眠，還是幾乎沒有睡成。在眼皮的內側，出現王冰那浸染著紅色鮮血的潔白牙齒。就好像深深地咬住我的心似的，一方面覺得可怕，同時也有某種難以言喻的感覺湧上心頭，我把身體蜷縮成く字形，整個晚上一直盯著從窗戶射進來的月光。

像蠟一樣熱到能將人融化的夏日烈陽，我面向上方的臉頰傳來這樣的感受。把我壓在身下的男人，像是要從自己的體內把什麼東西趕出來似的，一心一意專注地挺動著腰。汗水不間斷地飛濺，落在胸前還有臉上，實在很噁心。床墊十分老舊，每當男人變換姿勢的時候就會「嘎吱嘎吱」地抱怨著吐出陣陣灰塵，折磨著乾渴的喉嚨。

我努力想辦法撐過包圍著全身上下的各種痛苦。只要忍過去就行了。閉上眼睛，停止呼吸，祈禱著快點結束，一邊把意識放飛到遠處。

男人嘗試各種不同的體位，不過每種都撐不過五分鐘，最後很突然地就在我肚子上射精了。不出所料，從男人的性器形狀就可以知道，像這種中間很粗但前端像筆尖一樣細的類型，一開始都會興致勃勃地想要嘗試各種玩法，但慢慢地就會失控，差不多換個三次體位的時候就會虎頭蛇尾地草草結束，我是從吳芬姨媽和她的同伴之間的閒聊得知的。

男人那灘黏糊糊的體液，沒有流過側腹而是一直積在肚子上。我從床上站起來，拿丟在房間角落的毛巾粗魯地擦掉。滴落下來的觸感還是讓我皺起眉頭。

男人抽了根菸，便再度回到散發著霉味的床單上睡回籠覺。然後單腳踢了一下坐在床邊的我，要趕我離開。

「哪邊涼快哪邊去，滾吧。」

我站起身，穿上褲子。腰間的沉重感，以及剛才受到摩擦摧殘的黏膜疼痛都讓雙腿動作變得遲緩。就在慢吞吞行動時，男人一副厭煩的樣子用腳跟往我的背踢了一下。我回過頭，筆直地盯著他的臉。男人咋了咋舌，從放在床邊的錢包拿出兩張鈔票塞到我面前。

「拿去，這些應該夠了吧。」

「不如你自己哪邊涼快哪邊去。」

似乎是覺得我的口音很奇怪，他苦笑了一下。這是進到這間房間以來第一次交談。

和平常沒什麼兩樣。吳芬姨媽總是會把男人帶回我住的房間，然後從外面把房門鎖起來。她究竟是怎麼跟對方交涉，又是從哪裡攬到客人，這些我都無從得知。有時候會看到姨媽身上帶著瘀青回來，就知道要是抵抗會被揍得很慘。只要控制身體不出力，接下來完全任人擺布的話，可以把疼痛降低到最小的程度。像今天這樣，沒有遭受殘酷暴行已經很幸運了。最討厭的就是叫我穿上女裝的客人。硬塞化學纖維質料的內褲或是紗裙之類的東西命令我換上。身材乾瘦、皮膚又黑的我，穿上這種東西到底有什麼好看的。如果換作是膚色白皙、肌膚柔韌的身體的——想到這裡，我的腦海裡浮現總是一起的摯友的身影。被男人隨意擺弄的時候，想像的竟是穿上相同衣著的王冰的樣子。

男人臉上露出笑意，抬頭看著我。

「這個房間我又不是跟你借的。是跟那個妓女借的啊。誰應該要滾出去，也是我說了算。」

我根本不想跟他爭論。就算外頭的酷暑幾乎要把皮膚融化，再怎麼樣還是比跟這種貨色繼續待在同一個房間裡要來得好太多了。

「你啊，是東方血統吧？」

我沒有回答，穿上了鞋子。

「死了父母，然後被丟過來給吳芬是吧。你這傢伙運氣還真背啊。」

要說運氣差的話，這個鎮上所有人應該都一樣吧。我再次看著男人。他的眼睛混濁，鬆弛的皮膚散落著醜陋黃疸斑塊。刻在胸前的刺青，反而使得男人寒酸乾癟的身形更加被凸顯出來。整體給人的感覺黏滯又鬆垮，顯示出他在這個鎮上的地位，肯定不會和我或是姨媽有太大差距。

「你也一樣啊。」

我用南方人的腔調清清楚楚地說道。在男人丟過來的菸草砸到之前，我已經快速地關上門走到戶外。

一到六月，悶熱潮溼的夏天就來臨了，整個小鎮像是過度膨脹的小籠包一樣，被蒸得黏糊軟爛。晨光已經漸漸描繪出漸層，開始轉為透著黃色的正午陽光。山楂樹開著幾千朵花，在路邊留下馬賽克形狀的影子，小小的蜂群在其中愛撫著花朵。

彎過轉角後撞見了王冰。

「璐。」

他穿著看似女性衣物的粉紅色背心，下半身搭配棉質短褲。我嚇了一跳。想著是不是剛才的荒唐妄想，流出到現實中化為眼前的景像。

「我們去找米米吧？」

「抱歉，我正要去別的地方。梅申阿姨叫我去的。」

「她叫你去哪？」

「盲梟婆那邊。」

「呿。」王冰咋舌道。

「去找那個瘋言瘋語的老太婆喔？」

他這麼說著，卻沒打算停下和我並肩前行的腳步。

住在隔壁的梅申阿姨，時常使喚我做事。明明正值夏天卻得了重感冒的她，原本是叫自己的兒子到鎮外藥局去幫她拿藥，但他不想去，於是我便以一塊炸年糕作為報酬，接下這個任務。

午睡時間陷入昏沉的小鎮一片寂靜，人煙稀少。街上傳來不知何處在煮茶葉的熏人氣味，以及老人們在下象棋時發出的乾澀聲響。天氣實在太熱，家家戶戶都把門大大敞開，毫不掩飾地向外展示屋內的不堪。裡頭陰暗的深處，總像是有什麼在蠢動著。

路邊有間水果店搭著棚子，看起來開得意興闌珊。擺放在店門口的紅毛丹，果肉像女人的腹部般潔白又閃著水分飽滿的光澤，從外皮的裂口露出來。想要被吃掉。成熟的果實散發著香甜氣味，是為了誘發生殖行為。把自己包裝成被人所吃掉，實際上它們才是狡猾地達到了繁殖的目的。這是個為了讓吃下果實的動物把種子傳播到別處，把種子延續下去，有恃無恐的陷阱。

王冰躲過老闆的視線，手腳迅速地拿了一個紅毛丹的果實，隨便剝開就往嘴裡一塞。透明汁液從白色果肉迸出，滑進他的喉嚨。他過於粗暴的行為，可能是他得出的防衛策略吧。為了對抗這個鎮上只要一有機會就赤裸裸地露出欲望，意圖支配他人的大人，也為了在同齡的孩子們之中自我防衛。就像柔軟的果肉，必須保護自己而在身上纏滿尖刺。

我們繼續結伴同行，突然從路邊衝出一名男人。王冰「啊」地叫了一聲，向前一跌。男人沒有多看我們一眼，往反方向的路連滾帶爬地跑走了。他的身體大幅度地左右搖晃著，腳步虛浮地消失在暗處。面色如土的臉上擦著白粉，即便如此也蓋不住蚯蚓般盤踞在臉上的皮膚病的疤痕。從腰臀被撐開的程度，一眼就可以得知是在這附近賣身的男人。王冰啐了一口道：「很危險欸。」

「剛才那個傢伙，我有看過他……是咬狗黨的成員吧。」

靠近海邊的這個地方，是無處可去的人們最後的聚集處，不論男女，就是個用來賣春的地方。對同性出賣肉體的人，在這個鎮上會遭受到最底層的待遇。

「為什麼會變成那個樣子……」

「大概是工作時候不小心出事了吧。」王冰淡淡地丟下一句。

「反正也沒有別的東西能賣了，不然還能怎樣。」

王冰不像其他的那些孤兒，不會對出沒在這一區的男人出言侮辱，或是糟蹋嘲笑他們。記得有一次，蕭易朝男人丟石頭，結果被他狠狠地喝斥。他說：「少多管閒事啦。他賣他的，你擋人財路幹嘛。」

像王冰這樣的人，肯定不會落入那種沒臉見人的慘境，也不會去做骯髒晦暗的買賣吧。我對自己的無能感到羞恥，在整堆鐵皮屋擠在一起的景色中躬著背慢慢踱步著前進。

「盲梟堂藥局」位於這個地區最東邊最東邊的角落，在沿著海岸搭起的組合屋成群羅列的路上。

受到海上吹來的海風影響，每間屋子的牆壁都被鏽蝕成紅色。從各地流浪至此的人，連毀壞的屋子與殘破的牆壁也不曾修理，隨意地住進去，過著自甘墮落的生活。從附近的露臺上，一位視障者彈奏的頌濤琴流瀉出哀傷音色，如雨水般降落，削弱了路上的暑氣。

盲梟婆的店就連內部看起來也是特別窮酸。出入口垂掛著上頭繡有小到令人吃驚的刺繡圖樣的布簾當作大門。弓弦圖案應該是趨吉避凶的作用。儘管老闆本人連招牌都沒掛上，簡直無心經營（連店名也不知道是誰隨便開始這麼叫，就習慣成自然），鎮上卻沒有人不知道這間店。越是貧窮的人越容易相信巫術之類的東西。我們住的地區更是特別嚴重，來自東南西北各地混雜的各種稀奇古怪信仰或是咒術，都有非常多人在實行。不過畢竟是一群怠惰的人，對於效果也不會太苛求，因此有很多來路不明的人們混進這一帶，臉不紅氣不喘地擺上招牌做起奇怪的生意，這種事屢見不鮮。梅申阿姨是南方血統的人，因此對於和自己一樣有著淺黑色皮膚和翠綠瞳色的盲梟婆自然更加信賴。說到盲梟婆，她的眼睛從很久很久以前就看不見，僅存兩顆混濁的白色眼球，骨碌碌地從尖銳的鷹勾鼻上向外突出。

王冰來到店鋪前，捏著鼻子直說：「臭死了。」還說，一定是用這種藥草的味道來迷惑別人，才會讓人相信她的瘋話。天不怕地不怕的他，不知為何只對盲梟婆打從心底厭惡，一點都不想接近。他往店門口的長凳一坐，便說：「我在這裡等你辦完事。」於是我只好一個人戰戰兢兢地踏進屋內。

藥局內部十分昏暗，像聖廟一樣森冷。沒有人的氣息。光線從到處都破了小洞的屋頂照射進來，靠著牆擺放的藥櫃朦朧地顯現出形貌。動物類油脂沉重黏滯的氣味，以及乾燥香草強烈的香味充滿著店內，強硬地將我的鼻孔擴張開來。光是站著就已經感到頭暈目眩。不知道是薄荷還是八角或者是丁香的刺鼻香氣，光是吸進味道就感覺在體內扎下根，冒出芽似的生機蓬勃，實在無法想像是已經失去生命的東西所散發出的氣味。

眼睛漸漸習慣黑暗，開始看得到店內的模樣了。架子上緊密地塞滿藥罐，裡面裝滿不知名植物的根或莖，還有黏稠的液體。放在上面的還不只有藥罐。某種長著毛的小手，被折下來的不知名鳥喙，一團白色拳頭大小的物體。認真看了看，發現它們都被歪歪斜斜地穿了孔，把臉湊近些，終於發現原來那是動物的骸骨。被剝去肉的獸類的頭，好像在詛咒著自己被放在這裡的命運般，眼窩裡積累著濃濃黑暗，瞪視著看著它的人。

「喀噹！」一個聲響把我嚇得跳了起來。店內的深處，彷彿被成堆紙張埋起來的人影動了一下。

是盲梟婆。一頭白髮束在腦後，前面頭髮也長到幾乎快要完全蓋住那張滿是皺紋的臉。端坐在椅子上的她背部嚴重地扭曲，凸出的巨大頭部幾乎擋住了小小的身體。

「你不是梅申家的孩子啊。」

她用乾啞的嗓音說道。

「我是代替他來的。」我這麼答道，她便向後轉過身去，從背後那張桌子的抽屜裡拿出茶色的袋子。

「來拿這個的吧。」

她再度回過身面向我，眼睛像是剛羽化而出的蟬一樣呈現半透明的藍綠色，我不由得盯著那雙眼看。凸出眼窩的眼珠表面完完整整倒映出我的身體，彷彿完全捕捉了我的樣子。

鎮上的人們對她感到厭惡，平常根本不願意靠近這間店。話雖如此，只要一生病，所有人都會來找她。那是因為她調配藥劑的技術是真的沒話說。除此之外，跟技術無關，她之所以會得到這麼大的信任還有另外一個理由。

我緩緩地靠近，接過藥包。她把手心朝上，我從口袋裡拿出的硬幣落入她手中。和枯木般手臂有很大不同，手掌紅潤有彈性，就像是小孩子的手。從我手上接到硬幣之後，她又轉過身去，讓那些硬幣發出「喀鏘」的聲音，落入抽屜中。她的動作既輕巧又乾淨俐落，讓人幾乎不覺得是個盲人。就好像在那小小的老婆婆身體裡，還藏著另一個勤奮工作的少女似的。

我正打算快速離去，卻被她從後面叫住。

「你是吳芬家收養的孩子吧。」

我吃了一驚回過頭。她泛起皺紋的嘴唇，彷彿在向我招手般地慢慢蠕動著。看到的瞬間，我馬上就動彈不得。她和我之間不存在任何距離。視野中只有在屋頂孔洞射進來的微光之中飄浮的塵埃舞動著。

「叫什麼名字？」

「……璐。」

她整個人紋風不動。只用氣息在打量著我。終於，她的嘴角非常細微地揚起一絲微笑。

「過來一點。我幫你算算吧。」

她的另一個能力，就是這個。

我依言靠近。坐在椅子上的她的臉，和我的頭剛好在差不多高度。細瘦的手指伸了過來，摸著我的額頭。從頭皮撥開頭髮，像是在尋找縫線似的在頭蓋骨上緩慢地爬行。從頭的最頂端經過耳後根，往後腦杓的中心去。指尖冰冰涼涼的。然而，指腹停留過的地方，突然變得像是被針灸過似的熱起來。

從顎骨摸過脖子的筋脈，來到了胸前。不疾不徐地一根一根確認骨頭的形狀，指尖在皮膚上滑過。老婆婆的眼睛裡什麼也沒有。半開的嘴唇震動著，念著難以名狀的話語。我安靜地任她繼續摸。把眼睛閉了起來，手指碰觸到的地方有種被什麼東西刺破皮膚，侵入體內的感覺。並不令人討厭。甚至有種快感。有點像以為是水誤喝了姨媽的燒酒那時，喝醉一樣舒服的暈眩感。不過意識是清醒的，可以以毫米為單位地捕捉到她指尖的動作。

「轉過去。」

她摸過鎖骨，現在來到背骨。我感覺好像變成串珠首飾，或是擺在架上的動物骨頭，接受她的手指侵蝕著。連自己都不曾注意到，我埋在肉之中的身體形狀，正被她的手挖掘出來。

老婆婆順著全身的骨頭走完一遍，把我轉回去面向她，如此說道。

「你有一副好骨頭啊。」

關於她最主要的傳聞，就是說她生來便擁有敏銳到可怕感受力的手指，因此光憑著觸摸別人的身體就可以準確地說中那個人哪裡出了問題。還不僅如此。連對方的命運或是運勢，反正那一類的事情，全部可以從骨頭的形狀讀得出來。這個傳聞不只在這個鎮上的居民之間流傳，連遠方的人們也知道。

「很想媽媽是吧。」

我答不出話來。根本不知道該怎麼回應。

「被丟過來這裡，對這個環境有很多怨言是吧。」

我仍然沒有開口說話。

「聽好了啊，子彈。」老婆婆用這個地域特有，指小孩，尤其用來指壞孩子的詞彙稱呼我。

「所謂的頭蓋骨，總共有二十三片。它們完美地組合在一起，做成一個球型。以為很堅固，實際上時常在活動。要是想著不好的事情，頭蓋骨就會繃緊變硬。謙虛為懷的人的骨頭柔軟有彈性像水一樣。骨頭是很誠實的。只要一丁點的扭曲、緊繃、摩擦，就會把那個人生命的全貌展露出來……孩子你有沒有看過自己的骨頭呀？」

我再次搖搖頭。

「那是當然啦。任何人都沒辦法看到自己的骨頭。不過啊，骨頭它們可是把你這個人的性情看得一清二楚。包括從你出生以來的行為、性情、心腸。全部都刻在骨子裡。所以啊，子彈，我只要看到骨頭，就知道那個人過的會是怎麼樣的人生了。」

她微笑道。突然覺得，那副嬌小的身軀似乎瞬間脹大好幾倍。

「從在母親的胎內剛形成時候開始，那個人的命運便刻寫在骨頭上，隨著被養育長大，會像年輪那樣變得很粗很粗。就算外表的長相再怎麼改變，或是用任何方法想偷換身分，刻在那個人骨頭裡的命運，還是絕對不會放過他的。」

她的聲音和牆壁外頭的海潮聲融為一體，將耳廓深處瓦解無數層般迴盪著。既像是年輕女子的妙語，又像是野獸的低吼，甚至不像是人類的聲音。

「反過來說，外表展現出來的東西，只是一個人很微小一部分而已啊。不管乍看之下是幸，或是不幸，剝下一層皮之後其實根本沒有多大差別。和深深埋在肉裡的骨頭完全一樣……直到最後，自己本身也看不清。」

她把我的頭拉得更靠近一些，然後往我背後的店門口方向看去。青白色的兩顆眼球，直直地看向牆壁的另一側，正是王冰坐的地方附近。

「要好好守護朋友喔。」

她靜靜地摸了摸我的頭。這次不再是那種探勘式的手勁。溫暖而有力。

「你這孩子的骨頭，是一副溫柔的骨頭。注定要為了某人而活，才會變得強大……你的骨頭，也在期待著喔。」

「觸霉頭的老番顛。」

一看到我走出藥店，王冰馬上就啐也似的扔出這句話。

「你都聽到啦？」

「沒有，一個字也沒。連聽都不想聽咧。」他沒有等我，逕自快速地邁開步伐。

直腸子的王冰很不會說謊。不過說起來，他其實從來不曾對我做過什麼欺瞞蒙騙的事情就是了。

「王冰你也不相信算命嗎？」

「我什麼鬼也沒在信啦。」

語氣比平常更惡劣了。

「命運啊什麼鬼東西那些，都是對自己的人生已經放棄去想任何辦法的喪家犬才愛講的。因為太弱了，才會被那些瘋子當作冤大頭。」

「可是，你有聽說過梅申阿姨的堂妹那件事嗎？她去盲梟婆那邊拿風疹的藥，結果盲梟婆突然就說了一句『回去找找看地板底下吧』。聽說半信半疑地挖了一陣，從地板下面挖出整堆在五年前意外死掉的老公的私房錢耶。梅申阿姨覺得很不是滋味，就很積極地常常跑去那間店的樣子。」

「那還不簡單，一定是死掉的老公生前偷偷告訴盲梟婆一個人了吧。像她那樣活得又臭又長，知道個一、兩件別人不知道的事情也不意外啊。」

說完王冰突然停下腳步，一副正在思考著什麼的樣子。

熱浪讓景色晃動著，看起來顏色變得更淡了些。像是跳著舞般吹來的海風令人不悅地讓頭髮糾纏在一起。

「……王冰很堅強啊。」

我低著頭說道。

「像我啊，到現在都還會想，要是父母還活著的話，現在會是什麼樣子呢……這真的就是我的宿命了嗎？此時此刻，會不會有可能過上另一種人生呢？哈哈，很沒出息吧。」

可以感覺到王冰轉過身來。

我無法看他的臉。

突然，眼前出現伸過來的手掌。我默默握住那隻手。

我們就這樣牽著手，沉默地繼續走著。

「我說啊，璐，不要再回頭去看已經過去的事情了好嗎？」

繼續向前行進的王冰說，語調很輕盈。

「我們啊，專心想著眼前的道路的前方就好，這樣活下去就好。」

在這凹凸不平的路面上，他一步一腳印地，踏著扎實的步伐前進著。

「你鐵定沒問題的啦，璐。你不是會一輩子留在這種地方的人。我可以跟你保證。」

「怎麼會這樣覺得？」

「……就是這樣覺得。」

他的心跳透過手掌心傳到我的身體裡。我深深地吐出一口氣。

「假設好了，就算真有那種什麼叫做命運的東西的話⋯⋯它如果敢從後面接近你，那我就會再繞到後面去，爽快給它從屁股一腳踢飛啦。」

我笑了，重新把他的手握得更緊。

雨季過去，港邊小鎮吹起乾燥的南風。海岸閃著白色光輝，穩穩地接住那些乘著藍色海浪而來，像奶油般堆滿泡沫的浪花。雲朵披上夏日色彩，在水平線的另一頭堆疊出淡淡漸層。

路邊的九重葛爆炸似的開滿了花，膨脹得好像很沉重的花房將包葉撐開。花瓣被吹過小巷的風吹起，颳成漩渦，載著初夏的陽光，將視野所及之處染成一條淡粉色的河。

到祭典的季節了。

我除了平時的扒竊本業，還用剩下的體力幫忙那些為了準備祭典忙得不可開交的店家。為了多賺點錢買香爐。

沒有見到王冰的日子已經持續好一段時間。沒有跟我見面的時候，完全不知道他在哪裡做什麼。對於孤兒來說，人們心情變得鬆懈的這個季節正是賺錢的時節。幫忙跑腿再討個車馬費，用拐騙的伎倆從觀光客身上大撈一筆，五花八門。王冰一定也是，正在奮力地用某種方式賺錢吧。

某天中午，我背著滿滿的貨物走在街上。太陽毫不留情地照耀著，從額頭滴下來的汗水浸溼雙眼。肩上太過沉重，根本連頭也抬不起來。街上忙著準備過節的人很多，光是邊走邊小心不被撞倒就已經盡全力了。

忽然，在路的前方悶熱擁擠的人群之中，看到王冰的身影。他就像平時一樣晃著纖長手腳，不過總覺得似乎走得有點急，從十字路向南轉個彎就不見了。去的是不久前兩人一起走過的海邊那一區。可能有什麼事要去辦吧。雖然想要追上去叫住他，但背上的貨物無情地壓迫著肺，連一丁點聲音都根本發不出來。

方才驚鴻一瞥他的側臉，覺得似乎帶著些微陰鬱。那是我至今為止沒有看過的陰霾。雖然很在意，可是就連那道殘影也立刻被川流不息的人海消磨過去，我無可奈何，只能繼續先前的工作。

太陽下山，墨藍的夜色覆上家家戶戶的屋頂時，街上的燈籠也一盞一盞地亮了起來。一邊擄獲人們的視線，一邊串聯起來，最後化為像銀河一樣華麗的帷幕，將整條大街埋進其中。

祭典開始了。

從店鋪的門楣、樹枝上，不規則地從各個地方牽起來的繩子底下，透出紅光的燈芯被風吹得搖搖晃晃，在人們的臉上躍動著光影。滲進黑暗中的無數紅點，在大街最前端匯聚成一團，在空中暈染出淺淺色彩。人們被燈籠上各式各樣不同的圖樣吸引，帶著為熱度著迷的神情成群在街上走著。

我兩手捧著香爐，在人潮洶湧的大街上朝著聖廟走去。原本這應該是偷雞摸狗的絕佳時機，但今天實在沒有那個心情。做成小鳥或動物形狀，惹人喜愛的畫糖、從機器裡蹦出來的爆米香、噗噗地噴著熱氣的巨大圓形蒸籠。路的兩側被食物的攤子擠得沒有一絲空位，而且飄著全世界最香的味道，刺激著往聖廟前進的人們的食欲。路邊還有老人們熱鬧地玩著牌或打麻將。寶石攤商們把散發著奇異光芒的石頭擺得滿滿的，吸引著女客的目光。一邊演奏一邊在街上行進的樂團，用音色清涼的弦樂器奏出劃破嘈雜的旋律，還有銅鑼的聲音穿插在其中。音色尖銳的笛子就像搖著繽紛至極的尾羽振翅飛起的鳥，將瑰麗悠揚的餘韻留在空中不絕於耳。

唯有今天非聖亦非邪。好像要洗淨一年累積下來的汙垢那樣，不論是貧窮的，還是優渥的，全都把身心浸染在滿溢的幸福氛圍中。

越靠近聖廟，人群混雜的程度更上一層樓。馬路兩側羅列著攤販，售賣作為供品用來祭拜死者的花籃。平常斤斤計較的商人們也只有今天才顯得和顏悅色。收下零錢便遞過花籃，還會致上一句節日的問候，招呼前去祭拜死者的人們離去。我看著那些鮮豔的色彩，想著要是王冰也在某處，享受這一年一度的光景就太好了。此刻一定是和同伴們一起，從哪個醉客的口袋裡抽走錢包，拿那些錢換成麥芽糖或是棉花糖了。今天神明們應該也會睜一隻眼閉一隻眼吧。

人潮慢慢地壅塞起來，最後停下來動不了了。焚燒香爐有固定時辰，再這樣下去會趕不上。如果從巷子裡迂迴前進的話，搞不好比起走大馬路可以更快抵達。我從路邊並排的攤販之間找了個空隙鑽進去，身子滑入狹窄的小路中。

小巷裡空無一人，潮溼的排水溝氣味竄了上來。直到剛才為止的熱鬧彷彿不是真實的。濃濃黑暗填滿四周，總覺得有種不知道什麼東西會冒出來的恐怖感。

我加快腳步。因為太過急著趕路，差那麼一點就要漏看熟悉的白色身影從建築物的縫隙間穿過的畫面。

——王冰？

長長的頭髮，精緻的身體。比我稍微大一點點的身材。沒看走眼，是他沒錯。

白皙四肢顯得熟門熟路，絲滑地被建築物深處的黑暗吞噬進去。我把香爐放進口袋，悄悄跟上去。想要追上他，嚇他一跳。

他的腳步又急又快。一不留神就會馬上看不見他的蹤跡。這可不妙。我著急了起來。不熟悉地區的暗巷裡到處都有掉落的障礙物，光是顧著閃避那些就搞得我精疲力竭。

結果還是完全跟丟他了。束手無策。只能放棄，往來時路走回去。再不快點的話，聖廟的火就要滅了。

就在那個時候，附近不遠處的廢棄房屋中傳來微微的聲音。那道熟悉的女高音，正在和某人說著話。

我放鬆了下來。同時感到開心，從那道半開的門縫，閃身溜進屋內。家具被棄置，梁柱布滿裂紋。細微的月光從壞了一半的天花板射進來，照亮屋內。

在崩壞的磚牆另一邊，瞥見王冰的身影。

「王冰？」我又靠近了一些。這才發現在牆壁之間迴盪的微弱喘息聲，就是他的呼吸。在那之上，還有另一個粗喘的呼吸聲重疊在一起。我看見牆壁另一頭的身體微微地晃動著。

崩毀的牆壁另一頭，有個巨大的男人在侵犯著王冰。

男人發出低聲的呻吟，將身體往他的兩腿中間擠進去。看不到面對著牆的王冰的臉。他的腰好像快要折斷似的柔軟地凹著，承受著從後面挺進的抽送。腰間掛著的，不是平常穿的褲子，而是一件細肩帶連身裙。那東西凌亂不堪地垂掛著，在他的身體晃動時像軟體動物般搖晃，縫在上面的亮片閃著過度刺眼的光。

雲層散去，更多月光從天花板的裂隙穿透進來。男人背上的一片刺青的形貌顯露出來。那是兩匹怒目相視的狼。許多咬狗黨的下層會刺的圖樣。男人的臉醉得酡紅。眼睛像兩尾貼在臉上的水蛭，混濁的眼神黏稠地傾注在王冰的身上。男人抓住被頂在牆上的王冰的雙手舉起，用力挺著腰進入得更深。他原本垂著的頭，與痛苦的呻吟聲一同被扯高。我屏住呼吸。他的臉上畫了重重一層，過度濃厚的化妝。蓋上白粉的臉呈現病態的慘白。嘴唇被鮮紅地勾勒出形狀，可能是擦得太過粗暴，像血跡般延伸到臉上。乘載著太過濃烈色彩的容貌彷彿變成別人，浪費了他的天生麗質。曾幾何時，從小巷裡連滾帶爬衝出來的賣身男人的臉在腦海中復甦。

「反正也沒有別的東西能賣了，不然還能怎樣。」——當時這麼說的他，究竟是帶著什麼樣的表情呢。

我一步也動不了。不知從什麼時候開始，連自己都沒注意到，我已像是要把他的身子吞進肚裡似的直盯著。在腦袋理解眼前發生什麼事以前，身體已經先選擇這樣的行動。

男人捏住王冰的下巴讓他面向自己。他則是用著淫靡的——我至今為止從來沒有看過的表情——凝視著。接著兩人雙唇相貼。他鮮紅色的舌頭，和男人那條水蛭般的舌頭交纏在一起。曾幾何時，吻過我的手肘時那種麻癢的感覺，像是從他半開的濡溼嘴唇灌注我體內，流進中央深處，化為堅硬。

他往我的方向瞄了一眼。視線穿過牆壁和我對上。月光下，畫了黑色眼線的眼睛突然瞪大。

「啊。」

他瞬間把男人一腳踹開。原本插入著的東西被拔出來，與此同時從前端噴濺出四散的體液。男人呻吟著向後倒去。依然裸著下身的王冰就那樣茫然地站著，黏糊糊的東西弄溼了他的下體。

我張開嘴，想說點什麼。希望能說出讓眼前的摯友冷靜下來的話語。就像他平時對我做的那樣。但什麼也沒能說出口。喉嚨緊繃，舌頭乾燥，完全拿不出任何像話的話。

「……王、冰。」

好不容易才從喉嚨底部擠出他的名字的時候，他翻身一躍，往建築物的更深處跑去。

「啊，喂，賤人！」還無力地坐在地上的男人叫道。「我跟你還沒完呢！」

我急急忙忙要去追他。男人的叫喚聲，像匕首一樣從後面射過來。

從牆壁的裂口飛奔而出的王冰在一間間房子的縫隙中全神貫注地奔竄。完全沒把狹窄巷子放在眼裡，更沒有回頭看我一眼。我死命地追，卻還是追不上他的腳步。就在笨拙地被路上的裂縫絆住腳的那瞬間，他已經飛身一躍翻過矮牆，消失在另一邊。留在我和他之間的，只有白皙肢體的殘影，還有很深很深，如同身陷便無法自拔的泥一般深的黑暗。

從那以後，我再也沒有見過王冰。

第二章

過去曾經是河川的地方，就像一道白色傷痕縱向劃過城鎮的中心。貧窮與富饒，上流與下流，人類的理智能夠管用的世界，與依循本能的暴力和欺騙橫行的泥底世界。像是將這些一分為二，分別守護著。又或者，像是為了連結起新的土地與舊的土地，將兩者合而為一。

遠處傳來的狗吠聲使我從參考書裡抬起頭來，感覺到眼前的窗外無盡擴散的黑夜籠罩著與平時不一樣的氛圍。已經快要半夜三點了。我把參考書和筆記本收進老舊木桌的抽屜中，小心翼翼地把父親給的玻璃墨水瓶蓋上蓋子，伸展一下手臂。伴隨著輕微的頭暈，血流從頭部慢慢流散開來。

黃銅製的檯燈散發著糖果般柔和的燈光，延伸到房間的牆壁上。樓下一片寂靜，聽不見任何聲音。我瞥了眼母親每天都會替我更換，聞起來有股乾淨香味的床單，在睡衣上披了件夾克，準備出門。準備考試而亢奮的頭腦，就算直接埋進塞滿高級羽毛，柔軟蓬鬆的枕頭裡，也沒辦法馬上睡著。

小心著不發出腳步聲地走下樓，從父母親的寢室前通過。來到玄關輕輕把腳滑進平時穿的那雙運動鞋，接著推開厚重大門，我來到了外頭。夜晚的冷空氣馬上從皮膚滲進一陣冰涼。

王冰從我眼前消失之後沒多久，吳芬姨媽過世了。我想，理由很有可能是被男人拋棄了吧。我結束一天勞動回到家時，她已經用門把上吊身亡。推開內側吊著一具屍體的家門，那時候的沉重感觸，至今還些許殘留在肩胛骨下方附近。我成了貨真價實的孤兒。

姨媽死後過兩、三天，穿著憲兵服的男人聚集到這個小鎮上，把在大街上遊蕩的孩子們全抓了起來。幾年前中央推行近代化改革的浪潮，終於也擴散到邊境。那是根據政策所實施的「圍捕孤兒行動」——面臨高峰會，國家的目標是降低犯罪率以及改善環境衛生，還有提升教育水準。政府的高層人們似乎終於注意到，孩子的教育對於國家發展來說是不可或缺的。他們從每個角落找出無依無靠的孩子，抓起來送進社福機構。不論年紀大還是小，頭腦是笨還是聰明，身體健康還是不健康。據說當中也有明明不是孤兒卻被誤抓，每天都哭著乞求說要回家的孩子。國家發展的時期，似乎難免會附帶一點混亂和犧牲。

我被帶去的地方，是潮夏市的山坡上新蓋的社福機構。因此我連尋找王冰，向他說一聲再見的機會也沒有。我也問過社福機構的大人們，有沒有看過和我差不多年紀的金髮少年，但他們只是沉默地搖搖頭。在那一帶的孤兒當中，被帶來這個機構的只有我一個人。

他，究竟消失到哪裡去了呢。

在社福機構裡的生活，說實在一點也不差。排成一橫列的乾淨床鋪，一天營養均衡的三餐，全新的衣服。不管怎麼說都比至今為止的生活要來得好太多了。國家高層的大人們制定的新文化方面規範，取代之前一直壓在我們頭上，無緣無故的暴力跟腐爛的道德良知，開始支配著我們。「文明的生活，文明的國民」——是這個國家為了擠身近代國家的行列，而產生的新口號。想當然耳，突然被集中起來的孩子們一直以來都生活在與其相去甚遠的環境中，需要花非常多時間灌輸。只要沒在大人眼皮底下，暴力便依然橫行，見不得光的事仍在背地裡發生，不過不知不覺中，和王冰一起度過的那些日子，給了我不和那些事沾上邊的勇氣。托他的福，我和年齡相仿的孩子們做出一線區隔，得以一個人謹慎地，適應了這樣的新生活。

也因此，我遇見了「他們」。

就是那，既文明又溫暖，兩人充滿溫柔的目光！——那兩道視線初次停駐在我身上的那個瞬間，我到今天還依然歷歷在目。他們面對著被帶進院長室的我，露出了微笑。這個世界上竟然有眼神如此柔和的人存在，這件事本身對我來說就已經令人不敢置信了。一直以來我從大人身上接收到的視線，要不是在衡量我對他們來說有沒有利用價值，就是體質足不足夠成為發洩暴力的沙袋，只有這兩種估量判斷的情況而已。

我抬眼向上看，而那個高高的男人伸出了手。我以為會被揍，火速擋住臉。他臉上閃過些許悲傷的神色，接著，蹲下身來和我平視，大手圈住輕輕撫摸著我的背。撫摸的力道彷彿是要將僵硬凝固的肌肉，溫柔地揉散開來。

「已經沒事了喔。」

在他們身後，院長很滿意地說道。

「他在我們這裡的孩子當中算是品行特別優良呢。該怎麼說呢，應該是本性不同吧。我想你們也看出來了吧？他啊，一定會成為你們家很棒的一員。」

我所在的機構是潮夏市第一間社福機構，由海外歸國的傳教士擔任院長。我的養父母也是院長的關係才會來到這裡。他們在國外讀完大學，在當地當了幾年教師之後，想要在祖國推廣教育才回國的。他們沒有小孩，似乎是身為舊友的社福機構院長推薦他們領養孩子。

出了社福機構的門，坐進車裡的瞬間，山坡下的景色映入眼簾。在遙遠的彼方，看見了那個不起眼的小鎮。我第一次用這種方式眺望那個小鎮。

雖然對於接下來將會被帶去的是個什麼樣的地方一無所知，但我對於能和過去所浸泡的那個骯髒汙濁世界——充滿貧窮與暴力，管理得腐爛生瘡的那個小鎮的邏輯，今後完完全全斬斷一切連結，打從五臟六腑的最深處期待著。明明這是非常令人喜悅的事才對，不知為何此刻的我，卻感覺似乎要從非常重要的東西上面被連根拔除，湧上一股巨大的悲傷和不安。總覺得占據我大半身體，重要的構築元素，就像被連根斬下的蜥蜴尾巴般，橫躺在我身後，時時刻刻探查著我心底的思緒。

透過對於這種事情自然是一無所知的養父和養母的雙手，我和來到這裡時一樣，兩手空空，孑然一身地讓新的世界接納自己——不，不對。我只帶著裝在小小香爐中，父親和母親的遺骨。

那天直到最後，我還是沒有把那個香爐拿去焚燒。

為什麼，只有我從那個泥沼的深處被撈出來呢？

有好一陣子，我都在懷疑真的可以享受這突如其來到訪的幸運嗎？不過，那種無謂的困惑很快地就被排除了。因為我需要學習，需要做的事情簡直堆積如山。

那是一間陳設著全新的家具，非常好的小孩房。光可鑑人的文具，還有雙白晃晃的運動鞋。養父母備齊了將我教育成「堂堂正正」的人，所需要的所有道具。養父母總是用寬容的眼神保護著我，說著溫暖的話語，就算我有無法馬上適應的事情，也絕不會生氣。就算是不小心弄髒的衣服，他們都像是得到展現關愛的絕佳機會似的兩眼放光盯著。在他們傾注全力的慈愛之中，我也依照他們所希望的，「恰如其分」地享受被給予的安全又舒適的環境。沒錯，就好像是，突然從上流湧來豐沛的水流，將染透皮膚內側的汙穢盡數洗去那般。

但是……即便像這樣享受著沒有任何阻礙的生活，在我心底的某處，仍然害怕著這種好日子會浸透骨髓。

「你要去做對的事。」是雙親常掛在嘴邊的話。

「過去所做的，都能因為未來的端正而得到彌補。不管過往曾經犯了多少過錯，你都要從現在開始，好好做個堂堂正正的人喔。」

好好做人，究竟指的是什麼呢？

就這樣七年的日子過去，直到已經十七歲的今日——好好上學，在雙親的協助之下取得優秀成績的現在（我用驚人的速度，克服了和其他孩子們的程度差異）——我還是無法肯定，自己的品性究竟算不算是「堂堂正正」。養父母所規定的「做對的事」，似乎在自己盡所能地身體力行，想要當作打從出生就一直是這麼過來的時候，我都一定會聽到從身體裡，傳來白色骨頭嘎吱作響的聲音。

——刻在骨頭裡的命運，是絕對不會放過你的——

也許那只是愚蠢的幻想。不過，不論在哪裡在做什麼——和同學們在放學回家路上邊走邊吃東西的時候，在體育館追著籃球跑的時候，從教室的窗戶眺望著操場被五月的日光灑滿一地的時候——只要聽見那個聲響，腦袋中心便會瞬間冷卻下來，彷彿感覺到有什麼東西在體內窸窸窣窣地蠢蠢欲動。

白皙透亮的月亮就像顆削皮的蘋果，掛在西南邊的天空。我關上家門，毫無目的地走了出去。每踏出一步，為了準備考試而疲倦的腦袋就降溫一些，逐漸清醒過來。用夜間散步來放鬆身心是我每天的固定行程。對於接受不遺餘力的愛，耗費高額學費，得到上學權利的養子來說，只有不論白天黑夜，從早到晚專心用功這件事了。在這樣「堂堂正正」的生活之中，深夜的散步是唯一，我允許自己擁有的微小快樂。

涼涼的秋風撫過脖頸。道路的鋪裝乾淨整潔，寒冷的柏油路上堆積著靜默，在光滑的圍牆之間筆直地延伸向每個地方。行道樹比白天更加慵懶地低垂著葉片，在街燈下閃動著銀邊。周圍絲毫沒有任何生物的氣息。

多虧政策猝不及防的開發，潮夏市的區畫就像馬賽克磚一般，新舊混雜成一團。距離我們所住的高級住宅區三十分鐘腳程外，就會進入舊市街那片窮困的區域。

話雖如此，我在這七年之中一次也不曾向那邊靠近。因為雙親嚴格禁止。

這個城鎮被指定為經濟貿易開發特區已經是五年前的事了。展開大規模的開發，整建住宅區和改善環境衛生，圖書館以及醫院等也在一瞬間蓋了起來。新港口就建在距離舊港口非常近的地方，經濟的據點往那邊移去。在陽光下顯得耀眼燦爛的銀色大樓如雨後春筍般不斷在鎮上冒出頭來，巨大購物商場還是體育場，用龐大體積將一直以來在鎮上群聚喧囂的混合大樓擠到一邊，若無其事地鳩占鵲巢。就連從小看慣的大海，被這一切的一切都新得發亮的景色往中間一隔，都變得煥然一新，看起來閃閃發亮。從西方流入的這般直線的、無菌的生活，人們轉瞬間就能夠讓身體適應。過去在塵土飛揚的地面上扒著飯粒，乘坐人力車生活的人們，彷彿從百年前就過著這種生活的樣子，裹著一身流行服飾，泰然自若地走在全新的鋪裝道路上。

另一方面，乞骨街則是被當作令人討厭的病灶那般割去，從這波開發之中被捨棄。漁業有大半都被新建港口乾脆地奪走，經濟早就已經是撿著舊港周邊的殘羹剩飯勉強過活的乞骨街，生活更是變本加厲，更加窮苦。人們把身體塞在那些被海風吹蝕得赤紅，殘破不堪的組合小屋裡，繼續過著那有如在泥沼的底層吐著一點點泡泡的生活。

回到正題，雖然雙親灌注滿滿的愛，讓我過著隨心所欲的生活，但唯獨禁止靠近那個小鎮。並不是歧視貧窮階級。而是過於擔心我。

我當然也遵照他們所說的。一來並不想讓他們擔心，而且重點是我根本沒有多餘的時間。我認為要捨棄過去重新過活，就應該要全力地去回報讓自己重生的人那番好意。

只是，有時——就是每當那股，骨頭摩擦嘎吱作響的感覺怎麼樣也無法消除的時候，我便會在放學回家的路上，隨意走進一棟混合大樓，從屋頂上遠遠望著自己那有如塵埃垃圾的故鄉。過去將乞骨街與新興地區區隔開的大排水溝已經被填平，改成地下水道。溝渠的另一側，鏽成紅褐色的組合屋擠成一堆，看起來一副伸出手指輕輕一戳就會整排崩塌的模樣。就像是條舊毯子，雖然會讓人感到懷念，但絕不可能讓我產生回到那一邊的念頭。已經好好地被這邊的清新秩序包圍，保護起來的我，在這個世界根本不可能找到任何理由，能讓我再專程回去那個陰暗，原本所在的世界。

突然，傳來「鏘」地厚重玻璃碎裂的聲音，以及狗的吠叫聲，我吃了一驚，望向那處。下一秒，隔了幾棟房子外的高雅洋房突然亮起三樓的燈，接著一道女人的尖叫響徹整個安靜的住宅區。

我此時已經是一身外出打扮，穿著麻製睡衣外搭夾克，腳上則是夏天用運動鞋，雖然心裡一點都沒有打算要插手麻煩事，但基於養父母培養出來的後天正義感，還有一點點想湊熱鬧的心情，還是往聲音的方向跑了過去。

宅邸被堅固的圍牆環繞，看不見裡面的情況。我沿著圍牆走著，想找到大門。

似乎聽到了不只一人的腳步聲「啪噠啪噠」地響起，就在這麼想的同時，一個黑色人影倏地出現在頭上。驚嚇都來不及。更匪夷所思的是，那傢伙竟直接瞄準正抬頭往上看的我跳了下來。一切發生得太過突然，我完完全全地接下從頭上落下來的衝擊被壓在地上。

疼痛打擊著全身，根本發不出聲音。眼皮內側冒出金星，暈眩甚至讓我暫時沒有辦法爬起來。對方似乎也差不多，維持著壓在我身上的狀態，發出動物般的呻吟聲。

正想叫他馬上從我身上離開，在這一瞬間，猛然有股氣味從夜晚街道上四處飄著的桂花香之中鑽出縫隙竄進鼻腔。聞起來很熟悉，很想念的味道。剎那間，我搞不清楚那究竟是從記憶之中吹拂而來，還是從眼前這個人身上傳來的。那感覺就好像，記憶累積成一堆數也數不清的落葉，從那堆積如山，讓人以為早就已經死透的落葉之中，突然有一片鮮脆欲滴的葉子超越時空冒出頭來，出現在眼前。

「……嘖。」

對方一邊呻吟著，同時也奮力試圖從我身上離開。我猛然抓住那隻手。對方吃了一驚扭過頭來，盡全力想掙脫。就是這麼短短的幾秒鐘。要是錯過這個時機，接下來的事永遠不會發生吧。他肯定會逃走，我和他的命運也就再無相交。但這一瞬之間，雲層突然散去，一道明亮的月光從頭上灑落，讓我和他認出彼此的面孔。

我凝視著對方的臉。對方也同樣。冷漠的眼角。吸收了月光，反射著銀色光芒的柔軟髮絲，在俐落的鼻梁上擺動。在頭髮之下，那雙記憶中的琥珀色雙眸，正注視著我的眼睛。

「……王、冰。」我從記憶的深處翻找出名字，從雙唇中吐出。

這時，從街道的另一頭傳來巨大的腳步聲，「啪噠啪噠」地往這邊靠近。眼前的人回過神抬起頭來，馬上爬起身，準備往腳步聲的反方向奔跑。我不假思索地拉住他的手。

「別往那邊。走這裡。」

我拽了遲疑的他一把，朝著宅邸之間狹窄的小路直奔進去。就這樣一路心無旁騖地往我家的街區奔馳。只要能到達那邊，就有很多藏身之處。

我們不停地跑著。不斷地吸氣吐氣，彷彿要把肺部榨乾。他一路沉默地跟著。手電筒刺眼的燈光和幾個重疊在一起的腳步聲在後面追趕著。這麼長時間過著與其絕緣的生活，但絕不可能忘記宛如刨著心臟底部，毫不留情的聲音。

跑著跑著，一股不可思議的心情向我襲來。每跨出一步，腦袋裡某個鎖頭就會鬆動，漸漸裸露出埋藏在記憶深處的東西。花了七年的時間試圖忘記的東西仍然存在在那裡，未曾有絲毫改變。

清廉清白的身家，連細微傷痕都不會有的未來。至今為止我為了抓住這些，一直拚命地努力著。因為我有養父母。我很感謝他們，另一方面也總是為隱約的虧欠感所苦。但是，此時此地，正放任身體執行這個連追逐者都沒搞清楚的逃跑行動，僅僅作為一具肉體急速奔跑的我，正追趕超過至今塑造起來虛假的我，真真切切地彰顯著自己的存在。

無論在籃球比賽，還是在筆直跑道快跑的田徑運動中都不曾感受過，這種單純只為了活下去的狂奔所帶來的愉悅感——肌肉賁張，從腳底察覺細微的地表隆起，腳踝往絕妙的角度彎曲，下腹將這些傳達到上半身，連動進而產生驅力。

在要是被抓到可是連小命都會不保的危機之中，我莫名地感覺到至今沒有體會過的，生命的堅韌。同時還在連自己都沒有意識到的些許時間祈禱。希望和他持續奔跑著的這個時刻，可以直到天長地久。

跳過空地的圍籬，直直穿越別人家的前院，踏亂了花圃，最後我們衝進我家附近空屋的車庫裡。鐵門拉下一半的車庫裡堆著許多前屋主留下來的廢棄物，作為藏身之處來說是個萬無一失的選擇。

我在破銅爛鐵之間的空隙癱坐在地，大口喘著氣。感受著吸太多冷空氣的肺臟，正控訴著幾近電擊般的痛楚。攤開的四肢像鉛塊一樣陷進地面，無法動彈。在我的旁邊，青年把背部沉沉地貼在車庫牆壁上喘著氣。我強迫調整好呼吸。用盡全部意志力榨乾肌肉最後一絲力氣，死命撐起失去支撐的身體。實在無法再多等一秒，早已經等不及要問。

「你是王冰吧？」

對方沒有說話，繼續喘著粗氣。低著的面孔溶進黑暗之中沒有辦法看清。我感到不安。然而最後，紊亂的呼吸聲終於變為細碎抖動的笑聲。那是我所懷念，記憶中的嗓音。

「王冰。」我再一次，短促地喚著他的名字。他抬起臉，直截了當地看向我。已不再是剛才從圍牆飛躍而下時的冷漠眼神。而是兒時印象中那雙親密無間的眼眸。閃著光芒的白淨臉龐、顏色淡薄的碩大雙眼、琥珀色的頭髮，從射進鐵捲門的細微月光當中浮現。

「璐。」從他的唇邊，流瀉出我的名字。那聲音聽起來提心吊膽，就好像，聲帶很久沒有被用到的部分突然發出震動，只為了確認狀況。

難以置信。這是奇蹟。從彼時彼刻一直不停尋找著、祈求著的奇蹟，現在，就在我面前，以這樣的方式顯現了。

「對，是我。」我答道。全身快要被喜悅撐得支離破碎，聲音也跟著顫抖。

「好久不見啦。」

他撲過來抱住我。就那樣順勢倒在地面上。和剛才感受到的是不同種類的重量，讓我的胸口緊繃起來。他的呼吸，和柔軟的髮梢，輕撫著我的脖子。

「還以為再也見不到你了呢。」

我們站起身，將身體頹然靠在車庫的牆上。

「你都還好嗎？」

「如你所見啊。就是個無賴。你呢？」

王冰的眼神滑過我的全身。

「你發達啦，大少爺。」

「少損我了，只是運氣好罷了。本性還是一點都沒變啦。」

「還是『膽小又沒用的璐』啊？」

王冰故意說著惡毒的話。從嘴角可以看見露出來的虎牙。

「不過看你身材倒是長大不少呀。」

不知何時，我的身高已經輕易地超過王冰。被叫做沒用的璐時那副窮酸相的骨骼，如今甚至能夠輕輕鬆鬆越過同學的頭頂，耍帥灌籃了。

與其相對，他與孩提時候的模樣並沒有多大改變。現在他的臉只到我肩膀的位置。我目不轉睛地盯著他看。柔軟纖弱的肩線、只需要一隻手臂就能夠攬住的細瘦單薄身體，和小時候沒有差別。另一方面，變得更加修長的手腳、從襯衫領口處伸出來的纖細脖頸，給予了身體無法與以前相比程度的美麗細節。只剩下十七歲卻還豐潤的雙頰，使面容稍微留著少年時候的影子。

想著這些事的時候，我的腦海裡浮現出那個時候的光景。最後一次看到他時——骨頭如島群般浮出的背脊。急促的呼吸。他脂粉太過濃烈的溼潤雙眸——

「你倒是沒什麼變啊。」我試圖藏起內心的動搖，唐突地說道。「一眼就認出來啦。還是以前的樣子。」

「沒錯呢。」王冰說著，將視線從我身上移開。口音帶著一點唱歌似的旋律感。每當說三音節的詞語的時候，中間的音節總會高起。是我想念的聲音。

「你現在還住在那個鎮上嗎？」

「是啊，不過當然是有換了個老巢啦。」

「剛才跟你在一起那些人，是你的同伴嗎？」

「是手下出岔子啦。那傢伙，瞎扯說什麼那家人全都出門旅行了。這不是還有人看家嗎。在臥室碰個正著。真的是什麼好事都有。」

王冰拿出菸點燃。火柴的火光照亮臉龐。琥珀色的頭髮飄起，露出了脖子。

他動作極為自然把菸盒向我遞過來，在途中便停住。我連忙將手伸過去。

「給我啊。」

我直到現在為止從來沒有抽過菸。乾燥的紙的觸感從手指之間傳來。他為我點了菸，我不想被嗆到，小心翼翼地把煙吸進體內。剛剛才被說長大了，可不想讓他看見出醜的模樣。

沉重的煙霧在肺裡擴散。咽喉裡一陣熱辣的刺痛，那個小鎮的空氣——紅褐色的廢水、陳年的油汙、腐敗殘羹剩飯的酸臭味道全都在眼前復甦。

我迫不及待想要聽王冰說至今為止——把我倆分隔開來的那個晚上的事除外——所發生的一切。像要把他扒光一般，想知道他在這七年間經歷過的全部。但是，我也知道要是放任自己這股急躁的性子，一定不會有什麼好結果。我也害怕馬上切入重點。

「米米也還在那個鎮上活得好好的喔。」王冰開始將周遭的事情娓娓道來。他似乎是一邊在斟酌著，關於故鄉究竟哪些該說，哪些不該說。

「組織的那些小孩裡面，很多要不是在圍捕孤兒的時候被抓走了，不然就是死了，再不然就是消失去別的地方了。只剩很少人留下來。」

從王冰的話中得知，乞骨街變成貧民窟的程度遠遠比我想像的還要更嚴重。大部分的地方化為廢墟，流離失所的人們不知離開去了哪裡。

我們天南地北地聊著。一開始有點生疏陌生的對話，很快地就回到如同從前般毫無阻礙的流暢。隨著言詞交織得越來越細密，那些被封藏進心底抽屜裡的方言腔調和同伴之間的行話，像是昨日還掛在嘴邊一般自然地從口中傾瀉而出。我捨不得讓時間流逝，好希望盡可能地多享受一點突然從天而降的幸運，就像回到兒時光陰，兩個人窩在祕密基地時候一樣，完全忘記夜色的寒冷，全心全意地沉浸在這段時光之中。可以感覺到他也帶著同樣熾熱的心情回應著我。

「……我差不多該走了。」

王冰丟下菸站起身來。充斥著車庫的黑暗，不知何時已經變成淡淡的藍色。

「我也該回家了。」

我們鑽過鐵捲門，回到街道上。在遠方兀自響著的警笛聲，在一棟棟房子的牆壁之間反射著傳進耳中。今晚的騷動似乎沒有傳到我家那邊的樣子。從這邊出去的話，乞骨街是往右邊，我家是往左邊。

「我說啊。」我開口道，努力裝作冷靜。

「下次，可以到你那邊去玩嗎？」

王冰嚇了一跳似的瞪大眼睛。這也是當然的。再怎麼說，都不會有人想要再和那個小鎮扯上關聯吧？

「該不會，你想從今以後再也不跟我見面吧？」

王冰的目光飄開了。他的眼簾低垂，看著我的眼神裡帶著和剛才判若兩人的疏離感。雙唇似乎想說些什麼似的微微張開。

我伸手抓住他的肩頭。藉此表明這個要求並不是開玩笑，也絕不只是這次的重逢太過衝擊而一時衝動。試著想要往下說點什麼可以增加說服力的話，但長年下來日積月累，至今仍溢於言表的思慕情感，完全沒辦法按照想法化為字句，往胸腔的深處逆流回去。

我困窘地將左手舉到自己脖子上摸著。沒想到，他的視線竟跟著移動。靜止幾秒後，他的手臂向我伸過來。

「欸，你這裡，擦破皮了。」

他抓住我摸著脖子的左手手肘。夾克破了，露出紅色的傷口。大概是剛才摔倒在地上的時候擦傷的吧。

「沒有多嚴重啦。」

我爽快地說道。注意到的同時，像是被火舌燒到一樣的疼痛竄上手肘，但比起這個，更重要的是要把話題延續下去。

突然他蹲了下來。下一秒，一個溼潤柔軟的東西碰觸著傷口。

「……！」

伴隨著火辣辣的刺痛感，理解到此刻發生什麼事的我瞬間面紅耳赤。王冰若無其事地舔著傷口。手肘被一股強勁的力道固定住，無法動彈。

他歪著頭，月光照在白皙透亮的脖子上。低垂的雙眼上覆蓋著的睫毛驚人地長。伴隨著腦子一片混亂，集中在上半身的血液，現在全部往下半身流去，不受控地昂然聳立。我拚命地想要壓下，根本沒有餘裕掙脫，甚至連一句話也說不出來。

好不容易等到他抬起頭。我和他眼神再度相交。兩人之間的距離近到我的樣子彷彿映在他的虹膜上。微弱光線下也看得到鮮紅的雙唇，分不清是沾了我的血，還是原本的唇色。

他綻開了微笑。

「做壞事受傷流血，也是七年來的第一次嗎。」

然後這麼說。

我渾身動彈不得。

王冰迅速地回過身，丟下一句：「再見啦。」轉瞬間就消失在殘存的夜色之中。聽著逐漸遠去的足音，我摸了摸手肘。傳來一陣刺痛，同時指尖感受到溼熱的觸感。

眼前無邊無際的夜，在街燈的白光照耀之下，路上呈現清冷潔白的景色，一副與離開家門時未曾有任何改變的模樣，但是，在我眼中一切都已經截然不同。

從那時起，我時不時地會到懷念的那個小鎮露個臉。

吃驚的是王冰已經變成咬狗黨的一員。偷竊也是工作內容的其中一環。當年靠著偷些小魚小蝦餬口過活的孩子，如今已經是個獨當一面的惡棍了。

「少囉嗦啦。只是個小弟而已啦。」他是這麼說的，但對我來說比起地位或職業，光是他能夠活下來這件事本身就比任何都還要來得萬幸了。

一開始再度見面時，王冰的臉上還帶著些許遲疑的神色。但經過幾個禮拜的現在，已經完全看不到了，我們又像小時候那樣，在這個小鎮的灰色巷弄中東奔西跑。只是現在手上夾著菸草，拎著皮衣。

裸露著水管的老舊建築物牆壁，層層疊疊到幾乎看不見天空，摩肩擦踵的鐵皮小屋。不知究竟是因為我的成長，還是小鎮的衰敗，往日奔走其間的巷子已然變得相當矮小。想來這也是理所當然。被養父母領養，生活在「這邊」的這些日子，已經長於父母過世，在乞骨街過活的那段歲月。

路邊機器中彈跳的爆米花，紙做的飛機模型，當年的我瘋狂地渴望著。取而代之現在強烈吸引著我的，則是其他的事物。

與夕陽西沉同時，糜爛的夜晚燈光將整個小鎮覆蓋。這是我所居住的清廉城鎮所沒有的東西。穿插在小路中的霓虹燈開始舞動著妖嬈光芒時，披著薄裳的女人們紛紛從各個神祕角落浮出，和飛螢一同共舞。刺激感官的化妝品香味，盡顯媚態的嬌聲笑語。只要拿著啤酒隨意晃上一圈，她們的手馬上從四面八方伸過來，帶著甘甜的氣息貼近。王冰那張美麗的臉龐，在走在路上的人群中也引來注目。我穿著白色立領襯衫配上學校指定的書包和皮鞋，過度整潔的服裝，對於在這條街上遊蕩來說實在少了那麼點氣勢，但只要和王冰走在一起，便意外地有行情。

教科書，軟膠製的運動鞋，幼稚的同學們。揮舞著直尺怒吼的數學老師。這些東西像是自然而然地構成我至今為止的生活，卻在再次遇見王冰之後變得無比厭煩。甚至不知道為什麼能夠忍受至現在。女孩們濃如蜜似的侵擾著鼻孔的香水味，淋漓的汗珠。握在掌中溫暖有彈性，圓潤豐滿的乳房。我在王冰的帶領之下，已經和幾個女孩發生過極為短暫淡薄的雲水之歡，但比起對於那些女孩們本身的興趣，更像和王冰一起到處亂跑，既懷念卻又有著全新體驗的這個世界，人生第一次得以歌頌自由的新鮮感，類似獎勵的事物。她們的身體，比我們學校那些包裹在筆直的制服裡，整齊地把頭髮綁成同一個高度的女孩們，更輕易無數倍地勾引出我體內的愛欲，並且接受它。我所身處的無聊世界的一切，全被這些新湧入的事物給推擠開，轉眼便消失得無影無蹤。

如此這般，我從放學到深夜大部分的時間都和王冰一起度過。

這邊特別要提一下的是米米的改變。米米不再演出皮影戲，之後也不知是怎麼辦到，竟然當上妓院的女主人。雖然只和我們差兩、三歲，卻有模有樣地打理著店面，招呼著客人，指揮著小姐們。

「璐！能見到你真是太開心了！」米米張開那雙修長的手臂抱住我。小時候從頭上俯視下來的溫柔目光，如今卻在我的下巴之下，實在不可思議。「我還以為再也遇不到你了。這就是神明在捉弄我們對吧。」

和懷念的兩人重逢使我心情雀躍，胸中卷起漩渦般的狂熱。即便被如此嚴格告誡過不可以涉足此處，現在我已變成把這條街當作地盤的年輕男人之中的一人了。連一絲半點的罪惡感都沒有。跟王冰在一起，單單這件事，就能夠使我毫不猶豫地踏破禁令，越過城鎮之間的邊界。

這時候的我，可以說是十分得意忘形。覺得光靠兩人一點點努力，就輕易地將相隔許久的那段歲月填補起來。只要想到王冰直到現在，都為我保留著至親好友的位置，就覺得比起數學成績拿到優等，或是打贏籃球比賽都還要更驕傲得多。只有吸著這個小鎮和以前完全沒變，臭水溝般的空氣，當作舒展筋骨和他互講下流玩笑話，玩著牌賭博這些時刻，才感覺終於找回了自己。王冰還是當年那個王冰，和我肩搭著肩，嘴裡哼著流行歌曲在夜晚街道上大步走著的時候，感覺彷彿重新奪回小時候在太陽下跑來跑去的無憂無慮。

但我還是不能忘記每晚的限度。當太陽完全沉沒消失，就得跨過暗渠，回到早已住慣的城裡。乾淨的制服和光可鑑人的皮鞋，在這邊的景色底下果然顯得和諧不突兀。

王冰在我回去的時候，絕對不會說任何一句話。不論氣氛再怎麼高昂，也絕不會試圖挽留，只會默默地捻熄手上的菸。米米也是如此。遵循著在這個鎮上長大的人們固有的做法。看著他們這番舉動，我重新被提醒道，自己不是這個小鎮的人。我的輪廓已經固著成新興地區的人類，不可能和他們的形貌混為一談沾上邊。有時候，我會為這件事感到無比悔恨。

「喂，什麼是『ㄎ』開頭，為了活下去一定會需要的東西？」

「……應該是『開銷』吧？」

「可惜了，是『苦日子』啦。」

「那是出題者的偏見吧。」

「那，『ㄉ』開頭，覆蓋整個地球表面的東西呢？」

「『地殼』吧。」

「那是什麼東西啊。連聽都沒聽過⋯⋯你怎麼那麼聰明。」

王冰坐在旁邊，正一頭栽進填字遊戲之中。動作像小孩子一樣顫顫巍巍。碰在我肩上的頭髮，傳來混雜了菸草味道的淡淡奶製肥皂香。

如同王冰教會我玩耍享樂，我也教了王冰一些事。那就是讀書寫字。

在他那散發著霉味，滴著雨水的房間裡，我常常教他認字。王冰在小鎮郊外的廢工廠最頂層找了個棲身之地。房裡連桌子也沒有。我們挨著彼此，在隨便擺放的床墊上伸長雙腳，把身體靠在牆上，上著簡陋的課。

「寄宿在人體內的東西。死了之後會變成那個東西升天。」

「大概是『靈魂』吧。這個填字遊戲出得還真爛欸。」

「那個，怎麼寫來著？」

「手借我一下。」

我把手放到他握著筆的那隻手上，教他寫著字的筆畫。聰明的其實是他。我來到父母身邊以來花了一年學起來的文字，他只花幾個月就輕鬆地學會了。他現在，就像是小孩子般沉迷於吸取人生中出現的新刺激。

「每個人都有，逃不掉的東西。兩個字。」

「是『命運』吧。」

淅瀝嘩啦的雨聲之中，傳出硬筆在紙上劃過的聲響。沒有照明的房間即使是初夏還是很冷。從窗戶照進來的灰色日光，朦朧地顯現出屋內東西的輪廓。馬上又是陣雨的季節了。一旦過了夏至，吞噬半島的熱風就會來臨，在人們身上刻下夏天造訪的痕跡。腐敗的果實，濃烈到幾乎嗆鼻的茉莉花香，汗涔涔的肌膚。那個祭典即將來到。

「『命運』。」

我循著他鸚鵡學舌似的跟著念的聲音，從雜誌抬起頭來。

他恍神地凝視著半空中。

「那個……你，有把父母的骨頭……拿去燒了嗎？」

直到現在，他們的骨頭還一直被我留著。放在書桌的最深處。就連新父母也沒有聊過這個話題。那個時候沒能安葬，結果便一直把他們留在身邊。

「沒欸，沒有燒成。」

王冰似乎非常謹慎地在探查我聲音裡的情緒，下巴仰在半空中，就那樣直盯著一個點。

我感到困惑。王冰竟然會自己提起那時的事。我以為隨著時間的流逝，過往經驗便會化為雲煙，友情可以像從屍體中被完美抽出的骨頭那樣留下。也覺得不去碰觸那天晚上所發生的事，是對彼此人生展現的敬意。

他沒有出力的手，被我的手緊緊地包在掌中。突起的手指關節，像珍珠一樣在昏暗的房間中閃著白光。

「你還記得嗎？以前，我們一起去找過盲梟婆。」

「……嗯啊。」

「那個老婆婆啊，去年死掉了。」

「欸？」

「被強盜殺死的。聽說整個頭被狠狠地切開。還碰上大熱天，被發現的時候，流出來的腦漿和爛掉的肉的臭味和藥的味道混在一起，聽說整個就很要命。生前藏在配藥那張桌子抽屜裡的錢，好像也全都被偷了。」

腦海中浮現出她的屍體。在想像之中，她的屍身倒在地上，不知為何竟散發著類似紅毛丹的香氣。白色肋骨從身體裡穿出，仰望上蒼的眼窩裡爬出無數的蛆蟲，哀悼著她的死亡。

「她沒有算出自己的命運嗎？」

「就算事先知道，也沒辦法抵抗吧，瞎眼的老人還能怎樣。血親們也早就不在這個鎮上了。」

王冰將視線落在自己的手上，繼續說道。

「那個老婆婆，不是說了什麼骨頭怎樣又怎樣的嗎……雖然那時候覺得是個胡言亂語的老太婆……但可能，人的命運真的是刻在骨頭裡的吧。」

我試圖從記憶的迷霧中拉出那個時候的情形。腐朽洞穴般的小屋，灑滿陽光和沙子的道路。說出「我才沒在信什麼命運咧」這句話時，王冰強烈的語氣。

「知道了命運之後，束手無策放棄抵抗地活著，和繼續掙扎反抗，你覺得哪個比較痛苦？」

「……這，實在不像你會說的話啊。」

我說。

「你什麼時候變得這麼迷信了。」

「血會流乾。肉身會腐爛。但，骨頭會殘留到最後對吧？」

七年的歲月，究竟可以改變一個人多少呢？從哪裡到哪裡的範圍，才是一個人不會被改變的核心部分呢？

「……如果真的是那樣的話。」我將視線再度轉回雜誌上。像是要把我所不認識的他，逐出視野一樣。

「那不就表示人的一生從生下來那刻就已經被決定了。我可不這麼認為喔。」

儘管這麼說，我也無法確信。光是我現在，能夠像這樣和他在一起，就很難說是偶然。

「……你啊，還是少到這邊來比較好吧？」

出乎意料的話語，嚇得我抬起頭來。

「最近幾乎每天都來對吧，你老爸和你老媽也會擔心不是嗎。要是知道你跑到這種地方鬼混的話。」

實際上，我的行動確實已經開始受到注意。大概是有人看見我越過河川舊址，跑去告訴老師。雖然還沒有通知到家長那邊去，但我已經被警告了。之前感情不錯的同學們現在都開始對我敬而遠之，放學後也漸漸沒人邀約。這些事我都有發現，心裡卻甚至有鬆了口氣的感覺。

「我沒事啦。成績都維持在不會被講話的程度。」

我盡量裝出面不改色的聲調說道。

「你不用擔心。我可以好好搞定的。」

「高中畢業之後呢？要去上大學對吧。」

王冰從床墊上站了起來，反坐在另一頭的折疊椅上，從口袋裡拿出香菸點起火。

「你打算去哪裡？」

「可能隔壁市區吧……或者是……」

「胡江杰市吧。」

升上了高三，就會依照升學志願去分班。我的學校的學生幾乎全部人都是以隔壁市區的市立大學，不然就是再更遠的大都市的國立大學作為升學志願。而我當然是被分在瞄準水準更高的後者的班級。父母也自然是如此希望，從爛泥的底層被他們的雙手撈出來的我，沒有任何理由不去實現那個願望。

「能得到這種好運不容易啊。」王冰直直盯著我的眼睛。

「不要在這種地方浪費時間了。要好好珍惜。」

「欸，王冰。」

我開口道。

「我直到現在……都不覺得自己現在的人生，就是正確的。」

王冰依然凝視著我，什麼話也沒說。

「對你來說，會覺得我在撒什麼嬌吧。可是，不是這樣的。我直到現在都還沒辦法相信。也就是說……我會懷疑，這真的就是我這個人的命運了嗎？」

「當然沒有錯。」

他以比剛才稍大一些的音量說道。

「你啊，這一切都是靠你自己的雙手爭取來的不是嗎。在那裡說什麼蠢話啊。你是在顧慮我嗎？」

「不是，可是。」

「一切都很順利的時候，就不要懷疑命運了。骨頭只會帶給對那個人來說適合發生的事。」

「這是誰說的？」

「盲梟婆。」

「……你後來還有去找她喔。」

他沒有回答。陰暗的房間裡，香菸的火光忽明忽滅。不知從哪裡傳出既像女人的嬌喘，又像頌濤琴的音色，也像是嬰兒哭聲的細微幽長聲音，穿插在雨聲之間。

「如果真是如此……那你難道不覺得我們像這樣重逢，這正是命運嗎。我真的只能這麼認為了。怎麼可能有那麼巧的事？絕對有什麼特別的意義吧。」

他從椅子上站了起來，弄出「嘰」的一聲。

「我們會再次相遇，就只是個巧合而已。別鑽牛角尖了。你有你該走的好路。」

「王冰，我，只要能跟你在一起就夠了。」

我努力擠出聲音。

「我真的一直很後悔跟你分開。現在終於能再見面，對我來說再也不會有比這更幸運的事了。」

王冰只是低著頭聽著。叼在嘴上的香菸前端，讓垂落臉頰邊的髮梢晃動著。

我感到憤怒。他的改變令我生氣。他那理應不受任何人影響，筆直注視著道路前方的視線，現在只顧著看向地板也令我生氣。帶著我沒見過的表情，想要把一度縮短的距離再次拉開的樣子更令我生氣。

「你難道，沒有這種感覺嗎……我對你來說算什麼。」

「到現在才、說這種話嗎。」

「咦。」

王冰緩緩地脫掉衣服。赤裸白皙的胸膛，在射進窗戶的微光之中一覽無遺。

他身上掛著無數的傷。有新的傷痕，也有舊的傷疤。就像為了玷汙新的筆記本而刻意塗鴉般，那些傷痕清清楚楚地展示出對他毫無掩飾的惡意，以及暴力的支配欲。同時，卻也凸顯他那絕不會因那身傷而被蹂躪分毫的美。

「你。」我不禁屏息。

「這就是我的命運——和你的並不相同。如果明白了，就好好珍惜現在自己擁有的環境吧。」

「這七年來，你經歷了什麼？」

王冰沉默不語。遠處雷聲轟鳴。閃電穿過窗戶照進來，慘白身軀一瞬間在黑暗之中反射著亮光。雨聲變得更大了。

「我說啊，璐，你就接受吧。」

他總算開口說道。

「那就是你的人生。是你握在手中的幸運。既然如此就該好好發揮它啊。去完成人生的使命。去胡江杰，當個官僚什麼的也好啊。」

王冰意圖結束這個話題，將香菸捻熄在菸灰缸裡。

我不知道該怎麼回答。總覺得對剛才說出一番非常荒唐幼稚言論的自己感到丟臉。另一方面，又對他沒有接受我的主張而感到惱火，在混亂當中，我只能像是在向他的身影尋求慰藉般，束手無策地盯著他看。

「……反正，你不要擔心我就對了啦！」

我故意用開朗的聲音說道。

「你都這麼說了，那就這麼做吧。我不會做什麼影響到考大學的事。這樣就沒問題了吧？我來這邊玩，原本的情況又沒有什麼改變。」

「我的決心會動搖啊。」

「咦？」

「沒事。」

王冰站了起來，說：「菸沒了，我去買。」連傘也沒拿便走下樓去。我把臉埋進床墊裡。大雨聲遮蔽五感，攪動著記憶的沼澤。

命運，刻在骨子裡——

我似乎不知不覺地睡著了。醒過來的時候，太陽已經完全西沉，雨也停了。王冰不在。似乎從那時出門就不知道去了哪裡。

差不多是回家的時間，於是我沒有等他便離開房間。這還是第一次沒有道別就分開。越過白色的河流舊址時，回過頭看了一眼乞骨街。孩提時候橫衝直撞的故鄉，此刻在漆黑夜色之中溶解，無法看清全貌。

校園的白牆被正午的太陽照得耀眼逼人。分散在操場上跑著的學生們的影子，像群島一樣散落在操場上。妝點著春日的茉莉花落盡，變成木香花優雅的身影羅列在校門口的兩側。

期末考結束後，我帶著神清氣爽的心情輕快地踏出學校。很久沒有見到王冰了。在出發去找他之前，我決定先回家一趟，把塞滿教科書的沉重書包放下。

我換好衣服，春風滿面地來到玄關把腳踏進運動鞋裡的時候，感覺到身後的氣息回過頭。

「璐，你要去哪裡呢？」

是養母。細細的眉毛蹙成八字形，面色如土，彷彿在躲避從玄關晒進來的太陽般歪著頭看我。

「你爸爸有來連絡。」她一如往常，以呢喃般的聲音說道。

「他說胡江杰大學的推薦名額，你已經順利通過了。」

養父在我的學校裡，掌管著大學推薦名額的決策相關事務。雖然他是負責打成績的，但是一次也沒有做過偏袒我之類不公平的事。那不僅是為了維護自己的聲譽，也是防止我因為家庭背景在學校被歧視，或是遭到欺負的一種方式。就算不透過推薦，我也有實力可以經由一般考試考上，養父卻特地把我塞進名額裡——這很有可能會被其他學生視為徇私舞弊的行為——實在令我難以置信。

養母向我走了過來。「啪噠啪噠」像是小鳥般輕柔的腳步聲在走廊迴盪。

「所以說呀，璐……之後可不可以，不要再去那個鎮上了呢？」

滿溢的慈愛，從她的表情中流露出來，她的目光純粹無瑕，像是非常小心地把慈愛以外的情感都好好地收到了深處。

至今為止，他們從來不曾強迫我去做任何事。他們完全不會將自己的想法強加在我身上，而是給我充分的時間，讓我自己思考去做決定。我很感謝這樣的態度，從來都沒有產生煩躁或是壓抑的感覺。

「還是說，你有什麼非去那邊不可的原因呢？」

根本沒辦法對他們說出王冰的事。關於他，還有我對他抱持的感覺，我都不想要告訴任何人。但是，父母親的擔心也確實是無可厚非。是我一個人的問題。

「沒有啦，媽咪。」

我說。用著和她眼珠的顏色同樣溫柔的嗓音，還有她最喜歡我叫她的方式。

「我跟施耀他們約好在圖書館見。說好要一起對期末考的答案呢。」

她露出一絲煩惱的神色。懷疑最愛的兒子，對她來說是違反原則的事。

她又走近了一些，輕輕摸著我的臉頰。

「你是個好孩子，所以我會擔心怕你惹上什麼不必要的麻煩。」

我把一半踏進運動鞋裡的腳收回來，改穿上樂福鞋，走兩步之後再度回過頭看她。

她雖然仍然帶著笑容，但眼底似乎可以看出慈愛以外某種別的東西。嘴角微微地顫抖。我假裝沒看見，關上了門。

我在陽光普照的住宅區快步地走著。

血會流乾。肉身會腐爛。但，骨頭會剩下——

一直害怕著。假如我背叛了他們，就代表還是選擇以在那個小鎮上所學到，冷血無情的做法對待他們。名為教育的矯正工具，不論把外表修整得多好，沉睡在內裡的我的本質終究不可能改變，害怕總有一天會突破肉身，將最難看的醜態畢露在外。也正因為如此，我即使身在這個沒有一丁點缺陷的完美家中，仍無法完全對他們真心相待。

填平河川的溝痕出現在眼前。看見溝的對岸，老舊發黃的組合屋成群地在蒸騰的熱氣中搖晃，我鬆了一口氣，不假思索地向前奔去。

距離乞骨街的鬧區幾條街外路上，有兩、三間茶館慵懶地並排著。我在外面的座位坐下來，等著王冰經過。

平時，我們並不會特別約在什麼地方見面。這個小小的鎮上，年輕人會出沒的街道也就那幾條，來回多走個幾趟總會找到人。放學後來到這條街上，無所事事地等著王冰，等他發現帶我走，是近半年來我們每天的例行公事。

面向街道的窗戶很寬，就算摀起耳朵，街上的喧囂還是會流瀉進來。熱鬧的鼓笛音色讓人感覺到祭典將近，人們踩著忙亂的腳步聲來來往往。這些久違七年的懷念聲響鑽入耳中，讓我心跳加速。他遲遲還沒出現。組合屋另一側映著傍晚時分火燒似的天空，今天晚霞看起來特別鮮明。店門口零星散放著的白鐵桌椅，反射著夜晚的燈光，像魚肚般微微發亮。

我邊吃著點心邊等待著，忽然間有個戴著墨鏡的男人從往來人群之中走出，往我這邊走來。

「在等女人嗎？」

男人往我面前叉開腿一站。

「沒有。」

我感到不解。這個人是誰？是王冰的賭友嗎？

「今天是跟王冰一起的。」

我這麼說道，向對方表示是他的朋友。

「就說果然是在等女人嘛。那隻骯髒的母狗。」

在聞言愣住的時候，對方拿下了墨鏡。看見那卑劣眼神的瞬間，過往記憶在我的腦海裡復甦。

「杜瓦。」

我嚇了一跳。他從以前明明是個孤兒卻長得又圓又壯，現在身材變得更加結實精悍。就在差點表現出不經意的懷念時。

「跑來這種地方是想幹嘛？你這隻潮夏市有錢人家的死舔狗。」

他劈頭就是一連串辱罵。那雙混濁的眼睛直瞪著我看。

「你那邊的鎮上應該也有妓女才對。就那麼想被那傢伙吸到精盡人亡喔。」

「你是在說什麼？」

我努力保持平穩地回道。我可不希望因為和他打起來，以後要來這個鎮上變得更困難。

「你說誰是妓女？」

「喔，所以你們是那種喇叭交換吹的關係囉。」杜瓦被酒氣染得赤紅的臉醜陋地扭曲起來。「從小就搞在一起，還真是都沒變啊。三歲定終身，還真準。」

真不知道他究竟為什麼要來挑釁我。但從那歪斜的嘴角和飽含敵意的眼神，可以清楚地得知他不只是想要損我，更瞧不起王冰。

「我可是好心告訴你。你最好在被他吃乾抹淨，用完就丟之前趕快逃吧。」

「你在說什麼啊。我跟他是……」我粗聲說。

「喂，子彈。你該不會以為那小子是你想像中的那種純潔無瑕的人吧？迷得要死的時候當然看不出來啦，那小子遠比你想像的還要陰險狡猾得多了。」

他毫不客氣地盯著我的臉。酒臭味直接竄進鼻子裡。

「看你什麼都不知道的樣子就告訴你吧。就憑那小子一個孤兒，完全沒有什麼後盾，真以為有辦法爬到組織的上層嗎？……那小子啊，是大哥養的情夫啦。從小時候就是了。」

他說著把小指翹在臉前晃了晃。這個動作實在太老套，要不是在這種情況下，我一定會笑出來。但是，現在不是笑的時候。

這個傢伙到底在講些什麼？

腦袋發麻無法處理他說的話，感覺人群往來的喧囂、初夏的悶溼燠熱、賣芝麻包的攤位飄來的陣陣香氣，都逐漸遠去。

杜瓦對我的反應似乎感到很滿意，把臉稍微拉開一點距離。

「那小子做妓女是技術高超啦。從小時候就被老大捧在手心，從其他組員手上搶到現在的位置。不過畢竟還是個男的嘛，當然也不會有像公主一樣的待遇啦。出事時候也會把他的肉體拿來當談和的籌碼。你看過那小子的裸體了吧？」

他露出一抹微笑。這個鎮上特有，為別人的不幸而感到快樂，帶著滿滿惡意，沉淪在泥底的人們總掛在臉上的笑。

「啊，在這方面那小子確實是很有一套啦。畢竟有那個血統嘛。破爛的四不像血統。只能靠這個活了吧……那小子啊，真的是學什麼都很快。不管是偷東西，還是學用槍，連組織內部的權勢也是。但是，那些都不是那小子的本分啦。那小子的本質啊，就是個兩腳開開把人騙過來，然後再扒得連骨頭都不剩的垃圾破爛妓女啊。為了要在組織裡不斷往上爬，什麼事都做得出來。我就絕對不會讓這種人出現在我的地盤啦。」

說起來，之前和王冰一起走在街上的時候，就有幾個男的用我聽不懂的俚語，從街道的另一頭對他指指點點地起鬨。當時他完全面不改色，只說了句「走吧」就直接離開了。那時候，杜瓦是不是也在那群人之中呢？

「他早就是個老江湖啦。老是往男人貼過去賣弄風騷，其實根本不信任任何人……喂，你是不是也一個不小心被那小子吸得死死的啦？還是說，你跟他是同行啊？你去上學，老師會教怎麼賣屁股喔？」

「給我閉嘴。」我站起來，揪住杜瓦的領口。我不想要再聽到任何關於王冰的壞話。不，是前所未有的困惑控制了我的行動。

平靜的填字遊戲，飛濺的啤酒泡沫，女人們柔軟的身體。我和他至今共同經歷的一切所有，全都被眼前這個男人的話語給推得遠遠的。

……不對，並不是這樣。其實我老早就隱隱察覺到了。我和他同享的世界，就宛如覆蓋在湖面的一層薄冰，只要一踏上去，就會往我從沒見過，他的本性深處直直沉落。

站起來就發現我比他高，我知道他退縮了。揚起左拳。杜瓦的頭撇向一邊。

就在揮拳的瞬間，方才養母悲傷的臉龐掠過腦海內側，我停下手上的動作。

「孬種。」杜瓦見狀又笑了出來。

「跟下賤人妖混在一起的貨色果然也一樣沒種嗎。」

下一秒，「咚」地一聲，胸口襲來被粗壯木頭用力撞擊的疼痛。我的身體被那股力道直接撞飛，在桌子和椅子間翻滾幾圈倒在地上。

「回想一下吧。小時候，你有哪一次打贏我過嗎？」

他騎在我身上，毫不猶豫地揮出拳頭。感覺臉上骨頭都要粉碎，痛得連眼前都變得模糊起來。不是伙伴的打鬧，而是飽含憎恨，真真實實的暴力。長期被溫暖環境保護起來的我，根本不可能承受得住。一拳拳彷彿是沉重的鐵塊，帶著要讓我停止呼吸的確實意志不斷地揮落。

要是不反擊的話一定會死。我本能地伸長手。下意識抓住倒在一旁的椅腳，用盡渾身力氣甩出去。接著傳出硬物互相撞擊的聲音，身體上突然變輕。杜瓦被撞得整個人往旁邊倒去，流出了鼻血。我踉蹌著起身，馬上往他的側腹狠踹一腳。他的喉間溢出有如青蛙叫聲似的「咕喔」聲。這次換我騎到他身上。我狠狠把拳頭往他的臉上砸。「啪嘰」聲伴隨著鈍重的感觸從手上傳來。第二拳，第三拳。

究竟，自己是不是想要否定什麼——還是想要肯定什麼——連我都搞不清楚了。但是，手卻停不下來。不是來自於對杜瓦的恨意。而是要守護摯友被玷汙的名譽。這個藉口之所以能夠成立，無疑是我選擇裝做什麼也沒看見。要是去看，心就會碎成粉末，正因為心知肚明，為了轉移目光，我便如此將恐懼發洩在眼前的這個男人身上。

「快住手！」

突然，我的手被非常強勁的力道從後面抓住。右半邊身體傳來一陣麻，我回過了頭。

是王冰。他拉住手臂，直接把我往後扯開。讓人不明白那纖細身體到底從哪裡冒出這麼大的力氣。我被那股猛勁拉扯得直接跌坐在地。

「混帳！」杜瓦站起來。燃燒著怒火的雙眼瞪著王冰，接著筆直地向他發動攻擊。

「王冰！」我大聲叫道，王冰的臉幾乎是在同個瞬間接下杜瓦的一拳。原本應該要招呼在我鼻子上的拳頭，現在卻將王冰的身體揍飛。但是，他並沒有被打倒。只是往後踉蹌兩、三步，便站穩雙腳，挺直上半身，接著用手臂擋下第二拳，和杜瓦正面交鋒。

「別打了。不要對局外人出手。」

王冰一邊擋下像頭憤怒發狂公牛般的杜瓦，用著不失冷靜的嗓音丟出這句話。

「什麼叫局外人啊。這傢伙跟我們本來就是一丘之貉不是嗎。」杜瓦指著我激動地叫囂道。「還敢一副高高在上的樣子。」

我仍是一副慘樣地躺在地上。就算想出手助陣，王冰的背影也很明顯地對我表示拒絕。

一陣「啪噠啪噠」的腳步聲，有幾個人往這裡跑了過來。是王冰的手下。

「你幹了些什麼勾當，我全都知道。這個噁心的破妓女。」

杜瓦被手下們拖走，還一邊心有不甘地喊著。

「蕭易被你搞去哪了。你把他殺了對吧。」

「不知道你在說什麼。」他極其冷靜地回道。「不要把你搞出來的事推到我身上。」

「少在那裡裝傻，我早就知道了。總有天一定會把你的真面目全都掀出來。」杜瓦再度怒吼。

「像你這種賤貨，哪天老大玩膩就完蛋啦。在那之前就跟沒種的小孬孬好好地互相舔個夠吧。」

杜瓦被手下們拖走，我不發一語地看著他們離去。臨走之前，他回過頭來對著我啐道：「你也一樣，遲早會被那個妓女吃完就丟的啦。」

王冰的肩頭隨著呼吸起伏，好一會兒才轉過來。白淨的臉頰，半邊被鼻血染得鮮紅。一看見那副光景，我究竟幹了什麼好事——竟然讓他承受這種荒唐，心頭浮上一陣驚愕。

沒等我開口，他便說道。

「回去。」

聽不出任何情感，壓抑內心的激動，帶著強韌意志的聲音刺向了我。

「你以後，不要再靠近這邊了。」

「王冰。」我張口結舌。想著最少也要向他道歉。然而我已經理解，就算說出口也沒有意義，他也絕對不會接受。即使如此，我那依賴的心還是乞求著和他之間的連結。

我仍躊躇著想說點話的同時，他打斷了我。

「你早就已經不是這條街上的人了。也不是伙伴。像你這種傢伙不要老是跑來我們的地盤晃來晃去。礙事。」

他鐵青的臉色——黯淡無光的瞳孔、微微顫抖的嘴唇，都已經清楚地傳達。

他已經把我當作陌生人，從此再無瓜葛。

雨滴終於開始落下。轉眼間變成大雨，將視野染成一片白色。原本在旁邊看熱鬧的群眾抱怨著這場雨一邊散去，店家也各自拉下顏色混濁的鐵捲門。

我只是沉默著看著他的背影消失在白茫茫的煙雨之中。好不容易填補起來的空白時光，再次橫亙在他和我之間，裂痕甚至變得更加巨大。比以往都還要深，幾乎沒有辦法挽回。

雨水被風吹得蜿蜒如蛇腹，向路面低著頭的花朵，被其刀鋒無情地削下。養父和養母配合新學期買給我的樂福鞋已經完全溼透，失去了光彩。

被月光照亮的白色身軀，黏膜磨擦的聲音，如竹節般突起的脊骨。

——我絕對會想辦法脫離現在的處境。無所不用其極。

我忘了。不，是假裝沒發現。只有我從流淌在這條街上的歲月被割離，對他或是其他人來說，從以前到現在時間都是延續過來的。當我還在猶豫不決，他早已經走上自己的道路。將我們之間一分為二那瞬間的光景，被我拿友情當作厚實的蓋子蓋上，以名為歲月的壓重物沉到記憶的深處，自私地只留下不希望改變的那些部分，而把我想要除去的記憶，都當作不存在。

我已經不知道該怎麼辦了。無話可說，連出口也找不到，在這條應該是再熟悉不過的街上，被散彈般的雨淋得全身溼透，我仍一語不發地，默默佇立在當場。

對於我臉上的傷，養母沒有多說任何一句話。只是默默地，垂下那如深深暮色一般的雙眸。

養父也只說了一句：「別讓你媽媽傷心。」我感覺到連在這個長久以來情感深厚的家裡也失去立足之地，暑假的前兩週都蜷縮在膝蓋裡度過。

祭典之日來臨。

我依舊沒記起教訓，還是去了那個小鎮。晴朗的烈日，讓人彷彿稍一恍惚便會產生那天沒有發生事情的錯覺。

羅列在街邊的攤販，和小時候比起來減少許多，家家戶戶掛在門前慶祝的花飾也似乎變得稀疏。人們的注意力從占據大街的街頭藝人，轉到了茶館貼著牆壁擺放的電視機足球轉播上。這天聚集在這個小鎮上的人數，肯定比平日白天在新港一帶往來的人多吧。但我卻想著，反而要趁著人這麼多的時候，或許才能找到他吧。

從主要幹道到狹小巷弄都找了個遍，仍舊沒有找到王冰。街上有組織的人拿著酒瓶閒晃著。可能是祭典的關係，他們看起來也相當鬆懈的樣子。在那之中也沒有看見他的身影。

就在離開鎮上的喧鬧，遊蕩到風化區的深處那時。撞見了從米米的店後門附近，米米和似乎是員工的女人，兩人合力把一綑用白布包起來，似乎很沉重的東西抬出來。女人一頭長髮隨意地垂落下來，看不見長相，不過從衣著可以感覺得出來，應該是剛結束一件工作的凌亂模樣。她們把那東西抬上停在路邊的拖板車，兩人推著車往我所在的相反方向開始前進。我猶豫著要不要出聲，但想到米米應該會問起和王冰發生什麼事就尷尬，我沉默地目送兩人的背影離去。

雲層席捲過海面上帶起漩渦，以驚人的速度向這邊飄來。我快步跑過沿海的小徑。

祭典過了幾週後，我左思右想最終還是來到他的祕密基地。一次也好——不論是什麼樣的形式都好，還是想直接見到他，訴說我的歉意。就算那會成為最後一次見面也沒關係。我不希望兩人之間的關係，在帶著裂痕的狀態下結束。

咬狗黨的老大不見了，聽到這個傳聞時，恰好正是我拚命在乞骨街四處奔走，尋找他那時候的事。

「好像還沒有找到暴虎。」

聚在路邊的一群人當中有個人這麼說道，我便站在一旁偷聽。

「組織那群人已經奮力找好幾個禮拜啦。聽說祭典當天有人看到他竟然連護衛也沒帶在外行動。說是和一個皮膚很白的女人在一塊。」

整個鎮上都十分忙碌，充滿紊亂的氛圍。我有不好的預感。王冰究竟去哪裡了呢？一定得盡快見到他。

走上階梯，敲了敲王冰的房門。沒有人在。我猶豫一下，接著把門把往右轉三下，再往左轉兩下，最後用掌根由下往上暴力地猛敲。只要這樣做，就算上著鎖也打得開這道門。這是王冰有次忘了帶鑰匙告訴我的。門發出沉重的「嘰」聲打開，裡頭的空間暴露出來。打開電源開關，日光燈伴隨著劇烈的「啪嘰啪嘰」聲亮起來。他的房裡幾乎沒有家具，即使是夏天也有股冷清的感覺。屋內只孤零零地放著床墊和吃東西用的圓桌，還有一張不知從哪裡撿來的折疊椅。桌上攤開著讀寫用的練習本。他寫下的文字，仔細地貼齊著格線排列。

日光燈突然熄滅。似乎是跳電了。天空像是被鉛筆塗滿般灰暗，遠處竄過幾道白亮的閃電。我走向房內深處的那道門。爬上螺旋梯來到屋頂上。還是第一次一個人上來這裡。

從欄杆望出去的大海顏色濃濁，似乎在等待著即將到來的風雨。海岸線深深地退後，重新捲起的海浪揚起泡沫打在海岸上。被突如其來的雷嚇得飛竄的鳥，令人厭惡地大聲鳴叫著。

我淋著開始落下的雨，來到裝著配電盤的四邊形鐵箱前。忽然間一股可怕的臭味竄進鼻子裡，我停下了腳步。視線落向地面。配電盤的下方，就算在低垂的烏雲底下也能清楚看見，有著某種東西的汙漬。

是血。

多得驚人的血，從配電箱的門縫滲出來。仔細一看，有無數像是白色米粒般的蟲子，正密密麻麻地在那片黑色痕跡中不停扭動。

我將手放到門上，用力把門拉開。巨大的黑色物體從裡面滾出來，我嚇得往後跳開。那是具屍體。塊頭很大的男人的屍體，從配電箱內往地上的血泊中倒了下來。扭曲的四肢。被挖鑿過的眼窩。裸露在外的骨頭。腐敗脫落的肉塊上，聚集著小山般的蛆蟲，對著殘留的戰利品盡情釋放旺盛的食欲。下一秒，與剛才不能比的濃烈惡臭撲鼻而來。從胸腔內側傳來作嘔的感覺，似乎在提醒著攸關生命危險。

大雨開始打在水泥地板上。突然地，盲梟婆那骨碌碌的眼球浮現在腦海。這些究竟是不是現實呢？還是說是發瘋的我想像出來，都只是妄想呢？是那一天，老婆婆看進我的雙眼，捕捉到的幻視的碎片嗎？

「璐。」

突然一個聲音從後面叫住我，我猛然回過頭去。

王冰站在那裡。

「王冰。」

他甚至沒有絲毫驚訝，一動也不動地看著我，最後終於放棄似的嘆了口氣道。

「很臭吧。」

他說著，走到我的身邊。

「喂……這是。」

「暴虎。組織的老大。」

他俯視著屍體。他喜歡的那雙皮鞋被血浸染成了紅黑色。

「是你幹的嗎？」

王冰沒有回答。像是在說我問了個愚蠢的問題，緩緩地轉過頭，將貼在臉上的頭髮往旁邊撥開。

「為、什麼。」

「七年前。」

他的聲音和雷鳴以相同的密度，在我耳朵深處共振。

「你還記得最後一次見到面那天發生的事嗎？」

我點頭。根本不可能忘。至今仍歷歷在目。

「就是從那天開始，我加入了組織。」

王冰繼續說著，沒有看向我。像是一個字一個字擠出來似的。

「我一開始，根本不相信盲梟婆的占卜。但是後來，我的想法變了。那個老婆婆，不是一直住在這個鎮上嗎。比誰都久。忽然想到，關於殺死我父母的犯人，她搞不好也知道些什麼。」

「你去找她了是嗎？」

「嗯……然後我才知道，我的老爸，跟組織的業務有所關連。為了還賭博欠下的債，受組織的人所託運毒。老媽也幫了忙。結果似乎差點被抓到，那時候還沒有繼承組織的暴虎就把他們殺人封口。」

王冰的聲音開始變得灼熱起來。

「我，之前沒有說過吧……弟弟和妹妹，都不是什麼我從廁所回來就發現已經被殺死了。我全都聽見了。就在家裡後門那邊，弟弟和妹妹，被這傢伙凌虐致死的過程，從頭到尾聽得清清楚楚。」

他瞪著那具屍體。面朝上仰躺著的暴虎的屍體，眼窩裡裝滿虛無，沉默地仰望著天空。

「其實，我也很想馬上去救他們。但做不到。我怕得要命。明明是哥哥，卻什麼也沒為他們做。一邊發抖，一邊看著弟弟和妹妹被這傢伙凌辱。不知過多久，感覺到有人走出來，我才趕快離開窗戶邊。找了個遮蔽物躲起來，等到那些人離開。弟弟和妹妹的屍體……」

說到這裡，王冰按住了嘴角。他這麼情緒洶湧的說話方式，從我認識他以來還是第一次聽見。

「受到比父母還要嚴重非常多的傷害。」

被風吹散的雨讓血灘擴散開，臭味也更強烈地散發出來。黏在屍體上的那些蛆蟲被雨滴打落，「撲通撲通」地掉進血池裡，溼溼黏黏地蠕動著。

「盲梟婆告訴了我這傢伙的癖好。我為了接近他，和組織下層的男人做交易，得到了見他的機會。這傢伙不出所料地中意我。這傢伙厭惡混血的人。恨不得痛宰這些混血。但是，也只有這種人才能引起他的性欲。就是個變態。我拜託這傢伙讓我加入組織。待在他的身邊，一直等待著殺他的機會。一直一直等待著，為的就是他不帶護衛，兩人單獨行動的時機。」

我噤口不語。全都懂了。前陣子在祭典的時候看到，那個酷似王冰的女人的側臉。米米慌忙的模樣。包著白布的大型物體。

「這傢伙，平常就愛吵著叫我扮成女人。我就向那傢伙提議，祭典那天我扮成女人，不能被任何人發現，兩個人單獨出去。也不能帶護衛。我堅持不想讓組裡的人看見，跟他約在米米的娼館。我拜託米米幫忙。在店裡殺死那個垃圾，用拖板車運到這裡來。大家都很鬆懈。就連一具屍體在大馬路上奔馳，都沒有人注意到。」

「米米早就知道了嗎？」

「我只有和她說過這件事。其實米米的母親，也是被暴虎殺死的。」

我屏住呼吸。

「米米的母親，曾經是這傢伙的情婦。她想要阻止這傢伙對米米也伸出毒手，當著米米的面被殺死了。米米也是一直恨著這傢伙。」

終於明白了。我和他們之間被劃出來的這條線究竟是什麼。同時呆住了。震懾我的正是心目中獨一無二的摯友，他們難以承受的過往。

「可是，又為什麼要放在這裡。」

「骨頭。」

王冰小聲呢喃道。聲音小到幾乎快要聽不見。

「咦。」

「我說啊，璐，我以前實在太天真了。我一直覺得，不管一個人再怎麼十惡不赦，身上應該還是有某個部分，會留下一塊美麗的淨土。可以從某處，發現一點值得原諒的地方。不過啊，加入組織這七年，從最近的地方觀察這傢伙的行為，我明白了。這傢伙是個徹頭徹尾的人渣。完全不把殺人當一回事。如果說是為了組織，或是為了錢什麼的，有容易理解的動機那還好一點。但是這傢伙啊，為了自己的自尊就能若無其事的殺人。覺得自己比任何人都強，為了讓周圍的人都知道這一點，輕易就把人給殺了。就好像人命跟蟲子沒有兩樣。」

王冰說著一腳踩上屍體的頭顱。頭皮從骨頭上剝落，臉上殘餘的一點肉塊也跟著崩落。

「原本想丟進海裡。但後來改變主意了。我想要看看這傢伙的骨頭。」

王冰的臉，一瞬間扭曲了。

「把肉，全部剝掉，把血，全部沖走，最後還剩下的這傢伙的骨頭，到底長成什麼樣子……想看一看，讓我和家人遭遇這種事，腐敗邪惡的靈魂，究竟會是什麼形狀。」

「王冰。」我囁嚅道。他的表情呈現出從沒有看過的模樣，讓我就連開口說出那個名字都感到遲疑。我不知道，他的生命力究竟是從哪裡來的。也不知道，那是如此黑暗，被恨意塗滿鮮血。

這真的是他希望看見的光景嗎？就是他花了七年，達成的願望嗎？

「原來是這麼一回事啊。」

一道粗厚的聲音從背後傳來。

吃驚地回過頭，看見杜瓦站在屋頂的入口。手裡握著一把手槍。

「果然如此。我早就覺得應該是你了。」

他用一如往常黏糊糊的聲音說著，然後舉起了槍。他瞄準著王冰，緩緩走近。

「聽說老大消失之前，跟一個皮膚很白的女人在一起……說到皮膚很白就想到啦。這一帶沒有幾個西方血統的女人。早就都被高價賣掉了。除了你以外，這條街上哪找得到那種貨色咧。結果你看，果然是這樣。」

王冰一動也不動。面色鐵青直直地瞪視著杜瓦。

「我啊，早就看你不順眼很久啦。假裝對老大百依百順，總是一副不知道在冷漠什麼的樣子。老大明明那麼寵你，卻沒有表現出想要錢或是地位的樣子。原來是這麼一回事啊。」

他走到離我們幾公尺的地方，停下腳步。在暴雨之中也能清楚看見臉上掛起一抹下流的笑容，他似乎很開心地繼續說道。

「你也真是個了不起的賤人啊……把我們唬得一愣一愣的，連大哥都被你殺了，果然不是男人啊，這淫蕩的妓女。」

「趁老大不在的機會，在辦公室對那個妓女出手的又是哪裡的誰？」

王冰以與平常無異的冰冷聲音說道。杜瓦的表情難看地扭曲起來。下一個瞬間，傳來轟然巨響。杜瓦開了槍。王冰飛身躲到配電箱的後面。我也慌忙跟在後頭。接著馬上又爆出幾發槍響

「開什麼玩笑！」杜瓦吼道。「信不信我把你們兩個碎屍萬段！」

「不準對璐動手！」王冰大喊。「這不關他的事！」

「我啊，看到你們這些四不像就不爽啦……老是擺出我們不一樣的態度，瞧不起人！」

傳來「啪沙」的腳步聲。杜瓦走了過來。身處在狹窄的頂樓，已經無處可逃了。

說時遲那時快。在背對著配電箱躲藏著的我們前方，從遙遠的天空劈下非常巨大的閃電。視野染成一片青綠。幾乎就在那刻，王冰的身影從視線一角彈出

去。下個瞬間，傳來震耳欲聾的猛烈轟響，從沒見識過的大量閃光包圍周圍。

「王冰！」

就在杜瓦被雷電閃得閉上眼睛的那一瞬間的破綻。王冰從配電箱後面飛身而出，死死咬住杜瓦的手腕。兩人糾纏著倒在地上。

「王八蛋！」王冰打算把槍搶過來，杜瓦拚命地想要甩開。我也跳出來要上前助陣。杜瓦握緊手上的槍，把槍口轉向我。

當反應過來的時候已經來不及了。

腳上突然傳來奇妙的感覺。剛開始，我的腦袋還沒有理解那是痛覺，只覺得像是被潑了熱水。片刻過去，割裂全身的劇痛從那處竄遍全身。

「我看就先做了你吧。」

我已經站不住，整個人頹然倒地。從眼角餘光看見杜瓦面目猙獰地再次舉起槍。王冰奮力想阻止他。我的身體動彈不得。兩發、三發，爆炸聲掠過耳際響起。子彈擊碎水泥地面，碎片打在臉上。我死命抬起頭，往兩人的方向看去。

王冰用力咬住杜瓦握著槍的右手。杜瓦尖叫一聲，槍掉了下來。槍滑過積著雨水的地面滾到我面前。

我抱著必死的決心背水一戰。我趴伏在地上，使盡力氣把手伸向那把槍。杜瓦發出野獸般的咆哮。他踢開王冰，朝我的方向衝過來。王冰從背後架住杜瓦阻止他。

我的指尖碰到了槍。在我握住槍身的時候，腳上燒灼般的疼痛頓時不可思議地退去。我站起身來，舉槍瞄準杜瓦。杜瓦的臉上明顯失去了血色。嘴唇顫抖，混濁的雙眼睜得老大。

「不行，快住手！」

王冰叫道。我筆直地瞄準杜瓦的額頭正中央。意識有如撥雲見日那般清晰。王冰那張混雜躊躇與困惑的臉龐進入我的視線裡。

「璐，不可以，你快住手。」

我沒有任何遲疑。不，連猶豫的餘地也沒有。頃刻間，白色閃光再次覆蓋視野，同時我將力量集中到手指上。

那一剎那，我感覺到這些年月來所活過，我不是作為自己活著的記憶，都以與子彈相同的速度飛散而去般。子彈被杜瓦的眉間吸進去的畫面，在眼中慢速格放，同時我清楚地聽見這七年度過的虛假人生崩落一地的聲音，伴隨著雷聲、王冰制止的叫喊聲，以及分不清是槍聲還是什麼的轟響。

開槍之後，我再次倒下。在身體碰到地面的前一秒，我看見額頭流出血的杜瓦仰著臉往後倒下，王冰朝我跑了過來。

「璐！」

趴倒在地的視野之中，看見血從腿流出，在積水中描繪出藤蔓的模樣。不知為何我感到安心。不是得救而放心下來。而是回到該回的地方的安心感。從最深處骨頭裡滲透出來的解放感，和蔓延而上的痛楚在體內互相抗衡著。

「這次沒有來不及了。」

我對著王冰說。在幾乎已經要斷線的意識中，我知道自己露出了微笑。

「白痴，你在胡說什麼……」

他以既沒有憤怒也沒有悲傷的臉看著我。明明是完全不同的表情，不知為何卻彷彿看見七年前，在幾縷微光射進來的巷子裡拉著我的手，對我回過頭的那個微笑，重疊在他的臉上。

他一直，都在這裡。在我的存在本質之中。在這個小鎮的雨水帶來的泥濘之中。

胸口感覺到王冰溫熱的背部，我閉上了眼睛，往深不見底的無盡黑暗中墜落。

在朦朧的意識中，我聽見王冰的說話聲。

現在，幾點了呢？

「醫生，就幫我處理吧。真的拜託你了。」

醫生？醫生是在說誰？

我們現在，究竟在哪裡呢？

「啊啊，沒錯。沒有時間了。明天早上以前，我……」

幫他處理，是要處理什麼呢？想要這麼問但喉頭僵硬至極，連吸氣都做不到。眼皮沉重，像被熔在一起似的無法張開。

說話的對象十分猶豫的感覺，滑進我的意識。

有什麼東西碰到臉頰。是王冰的指尖。那股觸感讓我放鬆下來，深深地吐出一口氣。他的聲音在緊閉著的眼皮內側，一片漆黑的視野中迴盪。忽遠，忽近。

就像潮汐。

不久後他的氣息從我的身邊離去。門關上的聲音。寂靜，再度降臨。

王冰，你要去哪裡。

拜託你，不要把我從你的世界推開。

意識再度往後退去。

我又再度，一個人被拖回昏暗的世界裡。

白色的、銳利的光刺進眼皮。我醒了過來。先前像是隔著一層紙的視線恢復清明。

我到底，睡了多久呢？

我翻身躍起。劇烈的疼痛登時席捲全身，實在難以承受，我呻吟著重新倒回去。

「……嗚。」

關節的要緊處似乎被螺絲鎖緊似的，限制住行動。身體內的肌肉僵硬緊繃，對抗著堅硬的床板。我看到了天花板。鑲著四顆燈泡的金屬燈具，正發出刺眼的亮光。

「很痛嗎？」

聽見有人對我說話，只能移動目光往一旁看去。王冰低頭看著我。

「這是哪裡？」

窄小的房間裡沒有窗戶，藥櫃一個挨著一個緊貼著牆壁擺放。不是盲梟婆的店裡那種老舊藥櫃，而是不鏽鋼材質的西洋玩意。裡頭塞滿手術用具和藥品。消毒水的氣味倏地鑽進鼻腔。

「是認識的醫生的地盤。我從以前就一直受他照顧。」

他語氣生硬地說著。青白的臉色看起來就好像溶進白色的燈光之中。

「你的腳，他有幫你處理過了。總之暫時不會繼續惡化。」

我聞言支起頭來看向腳。右腳被裹上石膏。記憶恢復了過來。火燒般的疼痛。手指扣下扳機的重量。打在身上雨水的冰冷。王冰後背的溫暖。

「是你把我背過來的嗎？」

我明白危及生命的危險已經過去，鬆懈了下來。

「你沒事吧？有沒有哪裡受傷？」

他沉默不語。像是在忍受著什麼疼痛般弓著身體，肩膀也用力繃緊著。看起來不太尋常。

我勉強爬起來。他全身的模樣終於映入眼簾。

嚇了一大跳。

從一開始就感覺到某種不協調，我以為那是因為意識不清的關係。

不過，看來並不是那樣。

他穿著白色的薄針織衣，配上窄管的牛仔褲。都是見過的打扮。但是，那個身形完全不是從小認識的他。

面向著我的他，胸部渾圓地鼓起。柔軟地撐起針織衣，幾乎要把衣服撐破。連接在胸下的纖細腰部是他原本的樣子。但臀部再度變得膨脹飽滿，緊緊地將丹寧布繃到極限。

長相、身高、聲音和舉止確實是他沒錯。不同的只有身體。就好像和誰交換了一樣。對，此刻他的模樣簡直就像……

「只是拜託醫生稍微弄了一下。組織的那些傢伙現在殺紅了眼瘋狂在找我。得換個樣子才不會被發現。」

我目不轉睛地看著他，他紋絲不動地回望著。

「為了這種事，你……」

「靈魂啊，是存在在骨頭裡沒錯吧。」

他說道，沒有讓我把話說完。聲音裡有種通透，彷彿無論是誰都會被說服。

「所以，改變外表這種小事對我來說根本不算什麼。為了活下去要我做什麼都可以。」

他扯開一個淡淡的笑。那雙眼睛裡，有著和小時候同樣強韌的光芒。

他身後的門被打開，穿著白衣的老人踱著緩慢的步伐走進來。

「醫生。」

王冰轉過頭說道。老人的眉毛蓋過雙眼長長地垂落，看不見眼瞳。鬍鬚也滿臉恣意地生長，藏住了表情。

「感覺怎麼樣？」老人用著平穩的聲音向他問道。

「是真的很痛，但這種程度還撐得住。」

王冰回答。雖然口氣淡漠，但我知道他放鬆了下來。

老人走到我躺著的病床旁邊，猛地把我的腳往上抬。一陣直通腦門的痛楚狠狠地衝擊，我忍不住發出慘叫。

「忍一忍。」

老人的語調和剛才對王冰說話時一樣平靜無波，接著在我的腳上四處摸來摸去。我感到很狼狽，盡力咬著牙忍耐疼痛。實在發生太多事，簡直快要沒辦法維持住正常思緒。

「看起來沒什麼問題呢。只要再過幾天，應該就可以動了……可能會有一點不方便就是了。」

老醫師拿開手這麼說著。「謝謝醫生。」王冰說道。

等他再次開門走出去，王冰轉過來面對我。

「你，就在這裡待上一陣子吧。之後看狀況就回家去。我明天就會離開這裡。」

他一副要把說不出話來的我丟在這裡的樣子繼續道。

「有下水道對吧。我打算從那裡下去，走到隔壁鎮。這間醫院，連接著下水道。也就是用來讓那些『見不得光的』逃走的路線……接下來只需要走到公路，找輛便車來搭就好。」

王冰的視線停留在牆壁上。跟剛才醫生離去的方向不同的牆上，有道鐵製的門。我側耳仔細聽。在外科用的手術燈「嘰、嘰」的微弱聲音之間，從牆的另一側，確實傳來像是雨聲一樣的細微水流聲。

「那個蕭易啊，其實一直都想脫離組織。我就幫了一把，讓他從這裡逃出去。不只是蕭易。沒膽在組織裡做下去的孤兒都是如此。杜瓦非常痛恨這件事呢。」

「你，之後打算要去哪裡？」

「……橙京。」

「我也要去！」

我探出身子。

「不行。你給我回家去。」他斬釘截鐵地說道。

「杜瓦是我殺的。你什麼也沒看到。至於腳的事情，就說是被捲進什麼打架事件吧。」

「你在說什麼啊，王冰。如果是這樣的話，那我就要承擔殺死暴虎的罪行。好歹我也是乞骨街出身。跟那傢伙有什麼淵源一點都不奇怪。就當作暴虎是我殺的，你儘管去逃吧。」

「你一定不知道要是被那伙人逮到會發生什麼事，才說這種話。」王冰的聲音粗魯了起來。「當作兩個人都是我殺的，你給我回去原來的地方。」

「那群人看到過好幾次我跟你一起的時候了。他們一定會為了逼問出你的行蹤，找到我，把我抓起來。」

「讓警察把你藏起來。你是那邊的人。不需要被捲進來。」

「難道我有辦法一輩子躲在警察局裡嗎？那幫人的頑固我也是知道的。不管過多少日子，只要是曾經對他們露出獠牙的人，一定都會加以制裁。一切都太遲了。」

我不禁抓住他的肩頭。

「喂，王冰，你又要一個人走嗎？」

出乎意料地，從我的體內深處湧出一股力量。

「你又想要丟下我了嗎？」

王冰似乎吃了一驚，定定地看著我。

「在我扣下扳機時，就已經覺悟了。所謂的覺悟，就是要回到你的身邊……王冰。」

我第一次——人生中第一次，撫摸了王冰的臉頰。冰涼的皮膚柔軟地吸住了手掌。

「我其實早就有心理準備，有天會變成這樣。」

之前壓抑著預感。裝做把頭埋在表面的安穩裡。

「一起走吧，王冰。我們是兄弟吧。」

「……我一直都，覺得你不是這邊的人啊。」

王冰白皙的手，覆蓋住我放在他臉上的手。

「為什麼？」

「不知道……不，應該說只是我的願望。我一直都覺得不能把你捲進我的命運裡。」

「從什麼時候？」

「誰知道。」他撇開的眼裡有股迷失決心的動搖。

「……也許，從一開始就被捲進來了啊。」打從遇見你的那一天起。我如此答腔，閉上了嘴。

「要好好地守護。」盲梟婆的聲音，在頭蓋骨的內側迴響。海潮的香味，幽微地飄散在手術室裡充斥的消毒水臭味縫隙間。是從記憶深處冒出來的嗎，還是……

王冰放下手，看著我的眼睛說。

「明天天亮以前，就要離開這裡。你的腳，可以走嗎？」

「還行吧。」

「好，那你再稍微休息一下。我睡另外一邊。」

他說道，準備離開房間。

「王冰。」

我的唇堵上回過頭的他的唇。

片刻的遲疑過後，王冰也將唇貼了上來。雙唇交纏在一起。貪戀般地侵入對方，舌頭的溫度相互交融，合而為一。

除了腿上的傷傳來燒灼般的疼痛，在冰冷的身體當中，唯有被他觸碰到的地方激烈地發燙。

第三章

有如泥濘般黏滑的燈光，照亮著王冰的側臉。他趴在桌上，四肢懶洋洋地垂下。在燈光下，肌膚顯得更加白皙。化了彩妝的眼皮緊緊地閉著，似乎永遠不願意再睜開。

「喂！」粗暴的聲音從背後飛來。「起來啦。換你上場了。」

王冰拖拖拉拉地站起身。在朦朧曖昧的燈光下，他隆起的脊椎骨浮現出來，在白色的布幕上映照出影子。

一看見他走上舞臺，觀眾席便傳來沸騰般的叫嚷喧嘩。明顯是嘲弄的聲音，是種遠遠看見異類時發出的冷笑。排列的數十雙眼球當中，映出他的身影。王冰一動也不動。就那樣孑然一身地承受被觀看似的，沒有絲毫退縮凝望著觀眾席。

打在他身上的聚光燈，將身體的每個角落、每處關節，一點也不放過地展露出來。隆起的乳房，不自然膨大的臀部，還有和那些顯得不搭調，少年般纖細修長的四肢。

充滿張力的空氣之中，音樂從喇叭流瀉而出，填滿整個會場。

站在舞臺上的他，渾圓柔軟的胸部鼓脹起來。

下個瞬間，具有神性的嗓音環繞包圍整個場內。

他的吐息乘著聲音，讓鼓膜顫抖，細胞豎起雞皮疙瘩，身體竄過電流。令所有聽者臣服，這就是王冰的歌聲。肋骨撐起洋裝的衣料，聲音傳遍會場每個角落伸展開來。搖曳的金髮。白皙的肌膚。幾乎要含住麥克風一樣大大張開的雙唇帶著生猛的紅色。在這捲起漩渦的熱氣之中，他的視線就像是注視著別的世界般，凝固在一個點。

觀眾們的眼裡閃爍著充滿困惑，同時又混雜著陶醉的光芒。溼黏炙熱的店內，全都醉心於他的舞臺，甚至連汗都忘了要擦。

看著他唱歌的身姿，我感覺到我的身體被掏空所有，變成一層透明的皮膜，緊緊地貼在他身上將他的身體給包起來。我感覺他和我結合在一起，靈魂合而為一。感覺他的心跳就在自己的體內鼓動著，將兩人份的溫熱血液送往全身。

「王冰。」我小聲地喃喃道。以隔壁男人也聽不見的那麼小聲。男人的眼光也仍牢牢釘在舞臺上。

王冰的身心靈都專注在舞臺上站著。為了用那個歌聲震懾來看奇人軼事當作笑話的觀眾們。

整副身體就是他的樂器。身上所有的孔洞，所有的縫隙都震動出聲，將生命本體化為音符。變成歌聲本身，像熱浪般將表演廳包了起來，讓水晶燈灑落的光粒覆蓋全身，將今天這一個夜晚，出現在眼前的東西全都吸收進體內，彷彿要把一切用來轉換成自己的美。

王冰，我的王冰。

那樣的身影，簡直近似神靈。

聽見零錢散落發出的「鏘啷」尖銳聲響，我從正在閱讀的報紙裡抬起頭來。櫃檯的對面站著體格健壯的紳士，不由分說地從架子上扯下一盒香菸，迅速地縮回手離開。

幾個零錢從櫃檯滑下來，散落到我坐著的椅子底下。我拉開椅子鑽進底下，用手指在地上尋找著。一旁睡覺的貓以為要放飼料，伸長手湊了過來。我搔了搔牠的下巴。視線追著一臉無趣消失在店內深處的貓的背影，一邊把身體蹲得更低，右腳的腳筋便傳來鈍痛。難以活動的身體就好像長年沒有上油的工具。雖然老是逆著主人的想法大聲地嘎吱作響，但為了不時之需也沒有辦法丟棄。

我開始在賣香菸的小店做收銀已經是一年前的事了。這間店的老闆是從這一帶還是不毛之地的時候就住在這裡，元老級的老婆婆，日復一日像是生了根一樣待在店裡最深處，一動也不動。她是個心胸寬大的人，只要能夠數零錢，還有阻止手腳不乾淨的小毛賊偷偷把商品摸走，不會在意僱來的人手有什麼樣的過往。就算一整天的薪水只有零頭程度，對於腿腳不方便的我來說，每天有飯吃就已經心懷感激了。比起去應徵體力活臨時工，動作遲鈍而被揍，或者是在回家路上被尾隨，剛拿到的薪水袋被一把搶走，要來得好太多了。

經過幾個城鎮，我們最後來到橙京的市區，這裡作為先進的數位城市，是全國開發得最快的地方，彷彿將孕育出來的一切吸收，不斷向上成長進化，充滿洶湧猛烈的能量。不過，那和我過去所居住的潮夏，如同稚嫩地冒著新芽的小樹般直線生長的態勢又是完全不同的一回事。充斥著無邊雜亂，一切隨意地散落，將滿溢出來的所有東西全都胡亂吞下肚，更加膨脹起來的醜態般混濁的凶猛猙獰。

幾乎每天都會有做工的人從鄉間乘著鐵路被運過來，像是從桶子傾倒出來一般在市區流竄，逐漸和鐵屑、塵土或是火花融為一體。街頭的擴音喇叭，貼在高樓上的巨大電視螢幕總是從人們的頭上刺激著欲望，但是人們小心翼翼地遮蔽，絕不讓那些聲音操弄心智，虎視眈眈地等待可以將別人視為獵物的時機。

不斷重複的取捨選擇，不斷拉大的對立差距。貧窮的人變得更窮，有錢的人則過得更加豐足。每個人都瞄準可以不用換氣也能呼吸到大量新鮮空氣，聳立著的高樓最頂層，所有人都奮力地掙扎，踩著氣力用盡的其他人往上爬。

巨大的建築物改變了一望無際的天空的形狀，另一方面，從以前就存在的一間間矮小房子，也不甘認輸地吐著熱氣，將人們從其中推出來，用生活的力量去對抗。幣值在一眨眼間就漲得很高，又在反應過來的時候突然大跌。今天一塊麵包的價格明天就足以買一塊肉，正當以為如此，又變得只買得起一顆雞蛋，使市民們的生活混亂，即便如此大家還是爬著這座沒有終點的螺旋樓梯般，追尋發達與成功。

失敗這個字眼在哪裡都不合適，人們夢想著榮耀，期待著總有一天豐饒的生活被應允，在一天的尾聲會相濡以沫地互相安慰，今天的辛苦是為明天能達成夢想付出的代價，各自回到和理想相隔十萬八千里的巢窟。從我們租的這間小小公寓看出去，這樣的例行公事就在無數排列的窗子裡頭不斷重演。

被廢氣汙染的大樓外牆在夕陽下顯得更黑一層的時分，我結束工作，回到了公寓。

我們的住處位在城鎮中心，古舊老街的一角。在一個人走過都嫌窄的狹路上，有著一片密密麻麻，像是火柴盒般層層疊疊的集合住宅。鮮豔的看板有黃有綠有紅，赤著腳四處跑來跑去的小孩或是乞丐們的樣子雖然都令人想起乞骨街，但居民的本質有著絕對的差距。這裡很有大都市的風氣，對於他人的瓦上霜毫不關心。這讓我們感到安心，可以隱身於其中。雖然從家家戶戶的窗子，會不小心聽見音量大到彷彿就在家中的收音機聲音，或是夫妻吵架，甚至是毫不避諱的親熱聲，隱私幾乎同等於不存在，但住在這裡的人們會巧妙地對彼此的事情關起耳朵，就算在路上擦肩而過也會別過臉去。

傾斜的樓梯扶手承受我的體重時總會發出「吱」的慘烈聲響，歪得更加嚴重。自從開始住在這裡已經一年，傾斜的程度日復一日地加劇。這也是我一天當中最辛苦的體力活。辛苦地爬上四樓，打開大門，按開電燈的開關。隔成兩室的屋內只有裸露的電燈泡懸掛在半空中，顯得十分寒酸。即便是要是來個地震，看起來撐不了一時半刻的這樣便宜公寓，房租也比之前的小鎮高一倍。聽說下個月好像又要漲價了。

來到廚房，把牛奶倒進鍋中，放到爐臺上加熱。火焰撫摸著冰冷金屬的肌膚，當鍋內呈現出焦褐色的時候，放入兩碗米飯。等到富有黏性的氣泡開始沿著鍋壁「噗滋噗滋」地冒上來，加入一茶匙的砂糖，牛奶粥便完成了。王冰很喜歡吃這個。在這座城市裡牛奶是奢侈品。我的理智上很清楚，這筆開銷會增加他的工作量，但一想到這是一天當中可以看見他露出放鬆的表情，彌足珍貴的機會，就還是忍不住動手做了。

房租、電費、水費、伙食費。關於生活費幾乎全都仰賴王冰一個人的收入一事，他從未抱怨過隻字片語。

——你要好好地守護朋友喔——

現在，被守護的反而是我。

夜漸漸深，我再次離開家裡，跨上摩托車來到附近的花街柳巷。

酒館大門打開的瞬間，震耳欲聾的音樂聲和舞廳裡的熱氣迎面而來。我一路從客人們的身邊鑽過，來到櫃檯前。

「游娟。」

櫃檯的一角站著一個面熟的女子。她是這間店的歌手之中，最資深的。游娟看起來一臉無聊地啜著啤酒，但是一見到我便把嘴從酒杯上移開說道。

「他呀，又變得更厲害了耶。」

在人群的盡頭，我看見王冰站在舞臺上的身影。身上包裹著一襲紅色洋裝，緊緊握住中央的麥克風唱著歌。是最近火紅的電影的主題曲。酒館的老闆告訴我的。

他是從一個月前才來到這間店的舞臺表演的。這間店的老闆原本是他的「狐穴」的點檯客人。在某次一起去有附設卡拉OK的店裡，第一次聽見他的歌聲便決定挖角。王冰雖然討厭在人前拋頭露面，但對方開出在「狐穴」一天可以賺到的一點五倍價格，便勉勉強強地接受了。

王冰用唇輕撫麥克風唱著歌。對於不知道唱歌方法的他來說已經是盡全力的表現，但還是遭到客人的批評。隨著在店裡耳濡目染，不論是身體姿態，或是舞臺渲染力都逐漸變得成熟。就連原想要來對怪胎發洩怒罵嘲笑的惡劣客人，當他開口唱歌便出神地安靜下來，待一曲唱畢時雙手早已等不及要鼓掌了。他那總帶著自暴自棄、無可奈何地站在舞臺上的態度，和把表演當作事業的人們常有的，亟欲展現自我的表演有著根本上的不同，那樣勉為其難地只是佇立在臺上的樣子，反而更能夠抓住觀眾的心。在煙霧繚繞，從大白天就瀰漫著酒氣的酒館一隅，只是以啤酒瓶的箱子架幾片層板隨便搭成的廉價舞臺上，王冰大放異彩。就好像從垃圾堆中被挖出來的寶石一樣。

「所以說，他到底是男的，還是女的。」

游娟微微勾起嘴角說道。

「那個的時候，肯定是你在上面對吧……他會用女人的聲音嬌喘嗎？」

「我在上面的話妳就會比較不羨慕是嗎。」

她瞪著我，眼神充滿無限的厭惡。

「……沒用的小白臉。」

隨便愛怎麼想，我們都不以為意。

表演在觀眾的喝采中結束。王冰搖搖晃晃地來到店裡的後場。

「熱死啦。」

他像是要把胸前的釦子全部拉壞般地扯開，粗魯地脫下洋裝扔在一旁。身體往椅子上一坐就彎下腰來，拿沾了化妝水的棉片三兩下隨便擦去化妝。眼影往眼睛周圍擴散暈開，把白淨的皮膚沾染得很髒亂。

「這樣穿上衣服的話，衣領會弄髒的。」

「那你不要沾到衣服幫我穿上去啊。」

他說著手朝我伸出來。今天心情似乎比平常還要差。廉價香水味登時飄散在空中。是梨子的香氣。天花板懸掛下來的吊燈，在被馬甲硬生生集中托高的胸前兩團肉上，蕩漾出一圈圈的光暈。

「你剛才有看到嗎？那傢伙，拿菸丟我前面出場的那個女人。要不是看在是客人的分上，早就把他揍飛了。」

王冰說的是觀眾席裡戴著帽子的男人。那傢伙堂堂坐在觀眾席正中央，兩腿恣意伸展睥睨著舞臺。穿著和場子不搭調的高級西裝，身邊還帶著披有誇張顯眼的皮草，像是故意在嘲弄現場有多窮酸的女人。

「……忘了吧。為這種事情火大的話可沒完沒了。還是先趕快把汗擦一擦比較要緊。」

我說著將溼毛巾遞給他。沒有窗戶的房間又悶又熱，一旁還掛著演出者們的各式服裝和假髮，宛如亞熱帶叢林的光景。

「趕快回去吧。不然等一下又被姚平糾纏老半天。他一定又會在那邊說明天也要出場。」

才這麼說，門外就響起「啪噠啪噠」的腳步聲，門被粗魯地打開。微胖的男子滿身大汗地撲了進來。

「喔喔，李賢，太好了。太棒了。明天也會出場吧？」

無視王冰擺起臭臉，姚平跪在他的跟前，用黏膩的聲音哀求。

「說好我一個禮拜來一次的。」

「拜託啦。比今天多付兩成怎麼樣？還有含便當喔。三成也可以。」

「明天我很忙。去找游娟啦。她跟我不一樣，那麼會巴結客人。」

「游娟客人早就看膩啦……你也看到觀眾席了吧。一看到你出場，新客人全都一下子聚集過來。還是說，難道你還想回去『狐穴』坐檯陪酒嗎？」

「我愛怎樣就怎樣。」王冰不悅地站起來，鄙視地望著姚平。他知道對方喜歡被這樣對待。在那冰冷的視線底下，姚平滿是汗水的臉變得更加閃閃發光仰視著王冰。簡直像是柵欄裡乞求食物的豬。

「為什麼要拒絕嘛，比起做那種事，我付給你的薪水好很多不是嗎？應該是很划算的生意才對吧。好不好，拜託你啦。」

姚平的臉的高度對著王冰的腰。維持脫掉洋裝狀態的下半身只穿著一件內褲。為了遮掩住股間的隆起，前面特意纏得很緊，被布面壓在底下感覺相當難受。姚平的視線落在那處。那副暗自欣喜的樣子無來由地讓人很討厭。

「反正，我不要。」

王冰轉過身背對他，連忙穿上牛仔褲，套上T恤。都是女用的貼身款式。將王冰細瘦的雙腿緊緊包覆，強調柔韌的曲線。姚平還在死纏爛打不肯罷休，說著：「不然錢先給你。」把錢往王冰手裡塞。王冰甩開他的手，把後臺的大門打開。我急忙跟在後面。細長的走廊上，姚平黏軟的聲音追在我們後方：「那個看起來很有錢的客人，說明天還會再來啊。就是要來看你的。」

「那我就更不可能來啦，混帳東西。」

我們從後門來到巷子裡。王冰這才發現還夾著髮片，煩躁地拔掉夾子。露出那頭汗溼的金色短髮。這才是我所熟悉，他真正的樣子。

「好餓啊。來去買點東西吃吧。」

店鋪前的大街上，排滿整排晚間的攤販。和故鄉的夜市不論是規模還是攤商種類，乃至於熱氣都大不相同。炸物點心的甜美氣味、串燒的逼人香氣、大鍋子裡熬煮的肉類料理散發出香噴噴的山椒味，一個接著一個流進我的鼻孔裡，刺激著胃。

冰糖葫蘆的攤位上，裹滿糖漿的水果在白熾燈的燈光下像寶石般閃閃發光。這是家鄉沒有，這個地方的名產。大小不一的果實以竹籤串在一起，裹上糖衣放涼凝固的甜點，有如被拉直的首飾。王冰從中抽出一串，粗魯地扔下幾枚零錢繼續往前走。還殘留著些許口紅的唇，將紅色的山楂果含了進去。

「王冰。」

我叫住走在前面的他，丟給他一件上衣。厚重的連帽套頭衫，在仍十分炎熱的季節顯得不合時宜。

「這件，穿起來。」

「也太熱了吧。」

「你還想像上次一樣被陌生人搭訕調戲嗎。」

王冰罵了幾句，最後還是咋著舌穿上連帽套頭衫。接著直接深深戴上帽子。

不論態度再怎麼惡劣，只有我他不會忤逆。

人妖的男娼和他的小白臉。旁人看來大概就只是這樣吧。這對我們來說反而剛好。真正想隱藏的事，用誤解層層疊疊掩蓋，深深埋起來才好。就算只是被抓住微小的弱點，這個城鎮裡充斥拿把柄來威脅人的對象。

夜晚雖然充滿潮溼悶熱的暑氣，填滿高樓大廈縫隙的天空卻是寧靜的藏青色。被汙濁廢氣汙染的空氣，時而被涼涼的微風吹動，澆滅囂張的氣焰。秋天即將來臨。來到這個城鎮很快已經過去三年。未來還會在這裡待多久，我和他心裡都沒有頭緒。

「王冰，你明天真的不出場嗎？」

我的話讓他停下腳步。回過頭，瞪著我瞧。

「什麼意思啦。」

「沒有，就……想說聽起來也不錯。」

「需要錢嗎？」

他直直地盯著我看。色彩斑斕的霓虹燈令人眼花撩亂，無法看清他的眼神。

「不是。不是那個意思。我只是。」

為了代替腳不方便的我出去賺錢，王冰每晚得去「狐穴」坐檯。在快崩塌的混合大樓中硬是用層板隔出的小店，環境髒亂，坐出病來是遲早的事情。待遇也非常差，女人都很快就逃走因此人手不足，王冰也是因著這種情況才得以在那裡工作。

我不會過問王冰的工作，所以他在店裡做什麼一概不知。但是，每天晚上看他帶著一臉疲憊至極的表情回到家，就知道他是在勉強自己。

「我知道，你是想說那樣比較輕鬆對吧。」

他在雜沓的人群中，轉過身來看著我。那樸素未經粉飾的模樣，看起來莫名地嬌小了一圈。

「不過，我也不想刻意做曝光身分的舉動。現在的話，你跟我，賺來的錢還夠餬口過日子吧，這樣就夠了。」

他說完便不讓我多說什麼，邁開腳步走進混雜的人流之中。我以不跟丟的速度，拐著腳步慢慢前進。

剛漂流到這個城鎮的時候，他曾經以非常慘的樣子回到公寓。雙眼周圍腫得很難看，腳步也「喀噠喀噠」地顫抖著。我匆忙扶起倒在地板上的他，拖著腳奮力把他移動到床上。

「該死，那個垃圾，一發現我沒有『完整處理』，突然變得超暴力的。」

我把趴下的王冰的裙子捲到腰上，露出下半身。內褲沒穿在身上。把雙腿打開，裸露出內側，裡面傷得很嚴重，紅腫潰爛像廉價的魚卵。那不是性器造成的。

我用冰涼的布擦去血汙。從櫥櫃裡拿出裝著藥膏的瓶子，用中指挖出很多，讓他分開雙腿把手指插進去。王冰弓起身子，咬住枕頭發出野獸般的叫聲。

「我要殺了那傢伙。」

王冰忍耐著疼痛，不住地顫抖。混合鼻水跟淚水的東西在氣管裡來來回回發出雜音。

我在廚房洗手，從冰箱拿出伏特加倒進杯裡。把杯子端到床頭，輕聲向臉埋在枕頭裡的他搭話。

「有辦法喝一點嗎？」

他微微向我這邊看過來。紅黑色的浮腫和白色枕頭形成對比，看起來實在非常痛。在那中間的瞳孔之中，燃燒著憎惡的色彩。

我把伏特加含在口中。適合用來讓趴著的人喝下液體的器官，我就只有這麼一個。托住下巴，配合著呼吸，緩緩地用嘴將伏特加渡進嘴裡。他的喉頭傳來「咕嘟」一聲，隨後終於吐出一口大氣。洋裝的胸口敞開著，可以看見白皙的肌膚。

急促的喘息聲，逐漸變為安穩的呼吸聲入睡。我把藥膏和瓶子收好，爬上旁邊的床墊準備睡覺。街燈從沒有裝上窗簾的窗戶照了進來，在天花板留下扭曲的形狀。

我起身走到浴室，想要沖掉一身汗。洗臉臺上的鏡子，映照出瘦弱、無力的男人的面貌。我用盡全力向鏡子揍過去。無處發洩的怒氣支配著全身。

是我讓他承受這種遭遇的。

還要多久，才能讓他不再需要去做這麼嚴酷的工作呢。

生活之所以能夠繼續，是因為對未來還有所期待。但是，我們沒有任何可以依靠的希望。就算是漂浮在水面的細微泡沫那樣的程度也沒有。

隔天戴帽子的男人再次出現在我們面前。不是在姚平的酒館。而是在「狐穴」。

「你來我們的店唱歌吧。」

自稱叫曹沃的那傢伙逮住剛結束工作從後門離開的王冰，這麼說道。

「我會給你在姚平的店的三倍價。治裝費和化妝品的錢，全部都由我來出。還會幫你準備專屬的休息室。」

「你先前對在我前面出場的舞孃丟菸蒂對吧。」

王冰繃緊上半身的力量，盡可能地展露出明顯的敵意瞪視著曹沃。

「雖然我對那間店也沒啥特別的情分，但不管丟菸蒂的是哪裡來的什麼人，我都不會讓他好過。」

「她的表現真的是太爛了，我才生氣啊。」

曹沃那頂白色帽子的帽沿底下，狐狸般細長的眼睛帶著笑意輕蔑地說。他的皮膚比王冰還要白。耀眼的銀色頭髮從帽子掉下一撮，落在泛著蒼白的臉上。看起來實在不像是正常世界的人。話雖如此，卻也感受不到任何一點，在地下的世界奔走的人們身後帶著的黑暗之氣，或是不知從哪裡被吸走精氣的陰鬱。

「我只對**貨真價實的東西**有興趣呢。」

「大木偶劇院」位於橙京的新興地區正中間，在林立著以外國人為主要客群的娛樂設施和賭場的大馬路上。是仿造巴黎營業到一九六二年的怪胎秀兼小劇場的場所。觀眾除了上流階級的外國人，也有高級官員或外交官，新興企業的老闆之類的人物。

「怎麼樣？很氣派吧。」

半強迫地讓我們坐上車，帶來這間店的曹沃，站上舞臺大大張開雙臂歡迎我們。

「品味還真是惡劣啊。」

王冰從大廳正中央抬頭看了一整圈天花板說道。圓形的舞臺在純白的燈光照射之下閃耀著光輝，亮到幾乎讓人遲疑該不該把沾著土的鞋子踩上去的地步。

「整個橙京的有錢人，可是為了看這種品味惡劣的玩意蜂擁而至喔。」

曹沃是這個城鎮屈指可數的新興企業家當中的一人，擁有好幾間酒吧和秀場夜店。在眾多店鋪當中，特別是這間最近才剛開幕，目前為止得到最多資金挹注所建的店最令他自傲。實際上，大木偶劇院的設備和姚平的店有著顯著差異。從挑高的圓拱型天花板上，豪華水晶吊燈閃爍的光珠灑落大理石地面，讓擺放在那處的厚重桌椅看起來更顯得高級。八根梁柱都刻有雕飾，配上綴飾其間的彩繪玻璃，都替整棟建築物增添精緻的印象。以螺旋狀向外擴散的圓形觀眾席，從入口處傾斜下來，不論從哪個角度都能夠看見舞臺。包圍著舞臺兩端的是厚面的天鵝絨布幕，皺起波浪間夾著深深陰影自然地漫到地面，讓人對裡面感到更深一層的期待。掛滿牆壁的聚光燈，只消曹沃一個響指就能夠柔軟地變換角度，用蒲公英般柔和的光線將整座劇院包裹起來，又能彷彿置身在深海般沉入一片蔚藍當中，讓人見識到精湛的燈光演出。和姚平的酒館裡，照在地上只顯得斑駁的廉價照明設備可說是天壤之別。

「在這裡，我們提供的都是一流舞者或歌手帶來的演出。甚至還有國家芭蕾學院栽培出來的舞者。可不是那種找有病的女人和人妖妓女登臺的地方。光是一杯酒的價格，就足以在『狐穴』買你出場一晚啦。」

曹沃對王冰催促道：「你到舞臺上來。」王冰沒走樓梯，單手支在舞臺邊一躍就來到舞臺上，直直走到曹沃的面前。我在劇場內仰望著兩個人的身影。王冰站在比我高許多的曹沃身邊，簡直就像個孩子似的。

「這麼高級的俱樂部，幹什麼要找我這種的來？」

「新開張的店，需要話題性啊。再說，需要有個劣質品來做比較，才能更凸顯出美麗的事物對吧。」

他懶洋洋地扭過頭，把拿在手上的雪茄含進嘴裡，吐出煙霧。和他的模樣格格不入的濃厚香草味擴散開來，飄到我所在之處。王冰的眉間皺了起來。

「那你就自己穿女裝上臺表演不就好了。」

「哎呀，聽我說。我帶你來這裡不是想跟你吵架的呀。不想浪費寶貴的時間。」

他直勾勾地盯著王冰。

「你是個亡命之徒啊。」

王冰瞪著曹沃的目光稍稍動搖了。

「你是在南方長大的對吧。口音聽得出來。可是，很白呢。跟我一樣——你是哪裡人？」

「區娘。」

王冰扯了個謊。隨便說出個像是農村的名字搪塞過去。

「身材瘦弱成這樣還敢說是農村出身？還真不會騙人呢。」

曹沃咧嘴一笑，舉起手裡的手杖，以前端撥了撥王冰垂到臉頰的頭髮。

「我根本不在乎你想要隱瞞什麼。也沒有興趣。看到的就只有你作為商品的價值。不過，我有辦法抹除那些造成阻礙的過往……在這個城裡啊，戶籍的證件什麼的，不過是像過年的鞭炮紙屑的東西。要多少有多少，要抹除就抹除。只要有錢就可以啦。只要是你想要的，我全都能給你……我想你也是，為了那些才來到這個城裡的吧？」

曹沃斜眼睥睨著王冰，挺立的鼻梁到眉宇之間顯現出深青色的陰影，更給人一種冷酷的形象。

「不過前提是，要等我判斷你是不是真的可以在我們的店派上用場。讓你登上舞臺，可不能還像個白痴木偶一樣啊，除了身上的洞可以插以外沒有價值。」

「我是不知道你誤會了什麼。」

王冰伸手拍掉手杖的前端。

「那種東西，我並不需要。我皮膚白，是因為體弱多病從小到大都沒有晒太陽。也沒什麼其他賺錢的本領，才來做這個工作。等存夠錢，馬上就要回故鄉去。所以我是不會來你的店演出的。」

「跟你的朋友一起嗎。」

曹沃說到這裡，這才第一次將目光投向我。

「回去故鄉，是要辦結婚典禮嗎？」

王冰沒有答腔。沉默地凝視著曹沃發出訕笑。

「我說啊，你清醒一點啊……狼的孩子，到死都還是狼啊。當不成老虎，也當不成狐狸。當然啦，連狗也當不成。」

「你想說什麼。」

「我是說要好好利用那個身體……你知道骨相學這種東西嗎？」

「那是什麼。」

「人的優劣啊，打從出生就已經決定了。沒有才能的傢伙，不管再努力都不會有用。不只是說出生的環境而已。是從幾百年前，從祖先傳承下來的東西，決定了我們的人生。最明顯的，就是骨骼。南方民族的骨頭又硬又粗又堅固。適合農耕生活。相對的，頭蓋骨就比較小。傻且單純。像西方的人不適合務農，但有適合表演藝術的美麗骨骼。北方的人，頭蓋骨是南方人的一點二倍大。適合複雜的思考——而現在，就是思考的時代。」

「那你是？」

「我是北方血統。」

「那這個說法就是騙人的吧。」

曹沃嗤之以鼻地笑了出來。這個男人只要不說話算是俊美。但是一笑起來，只有右邊臉頰泛起的皺褶，便將隱藏在內的冷酷刻薄顯現出來。

「我會為你準備合適的舞臺。和廉價酒館的老闆可不一樣。在這之上，會讓你發光發亮。把你打磨成最上等的商品。可以從有錢人身上海撈好幾筆。」

「不是說了沒興趣嗎。」

王冰一口氣從舞臺上跳下來。接著頭也不回地徑直往出口方向而去。

「去找**貨真價實的東西**吧。不是像我這樣的假貨。」

「從有錢人身上好好撈一大筆鉅款回你的故鄉去，和從那些窮鬼身上帶一身病，在回到故鄉之前就掛掉，該選哪個？」

曹沃那具有張力的男中音，響徹整個劇院。

「……生不生病跟身分一點關係都沒有吧。」

王冰沒有回頭。粗暴地推開大門。蒸騰的暑氣彷彿要將我們推回店裡似的灌了進來。

「下禮拜，我還會去你那間店。在那之前好好考慮吧。」

穿過厚重大門的縫隙傳來的聲音，黏膩地貼附在耳膜上。

這個夜晚特別安靜。從附近工廠流洩出鐵的味道，從窗戶的間隙隨著風吹進鼻孔。我無法入睡，從床墊上支起上半身。

王冰睡在另一邊的床上，肩膀在月光下，正循著穩定的規律起伏著。

「王冰，你睡了嗎？」我出聲問道。

他沒有動靜。

「……我說，你就去那傢伙的店演出嘛。」

「怎麼連你也說這種話啊。」

他始終背對著我，面向著另一邊回道。

「我才不要在那種傢伙底下工作咧。」

「如果不是那傢伙的話，你就會去嗎？」

「我說過了吧。不想要引人注目。要是被認出來的話怎麼辦……這種南方出身，皮膚又白，又不男不女的。」

月光清冷，銳利得彷彿要將陰影的邊緣切割開來。

「就算是姚平的店，也是因為他拚命糾纏才會接受的。我只是覺得像那樣被嘲弄、被哄笑，很煩人而已。」

我翻了個身。背對著王冰。雖然猶豫，但還是決定說出口。

「可是，你喜歡唱歌不是嗎？」

我身後的他，感覺似乎遲疑了。房間內染上濃重睡意的空氣流動了起來。

「……沒有那種事。」

「如果不是的話，你唱歌時怎麼會露出那種表情呢。」

傳來衣服的摩擦聲。我知道他轉過來面向這邊了。

「什麼叫那種表情。」

「你自己沒有發現嗎？」

我盡量慎重地出聲道。想告訴他，卻不知為何感到猶豫。

「你很有天分啊，很會唱。這樣不是很好嗎，就接受那傢伙的提議嘛。」

究竟是為什麼，會這樣不願意得到幸福呢？

王冰非常頑固地，拚命試圖自暴自棄地活下去。那模樣總像在訴說著自己沒有資格擁有幸福。

他確實曾經犯過錯。但那真的就表示，連奢求一丁點希望的權利都沒有嗎。

那個小鎮上的人，似乎都是這麼想的。打從最一開始就放棄和倦怠。就算如今已經過去三年，那個小鎮特有的氣息還是深入骨髓地浸染我們全身，無法抹滅。

還是說，是我改變了他的命運嗎？是我，使他放手幸福活下去的權利嗎？

我刻意裝出開朗的聲音說道。

「欸，就當作是為了我，去唱吧。化妝什麼的蓋上去，就不會被人認出來了。話說房租，下個月又要漲了。也差不多吃粥吃膩了，去那傢伙的店裡賺點錢，吃點好吃的啊。」

當然，我的本意不是要把他和自己置於危險的處境當中。

但是每當聽見他痛苦的呻吟，看見疲憊浮腫的臉龐，就會深深地陷入後悔和內疚之中無法自拔。

在泥沼底層出生的人，一輩子注定只能在泥底過活嗎？真的就連擁有一丁點碎片般微小的幸福都不被允許嗎？

不要因為我，斷送自己的人生。

王冰仍然不發一語。似乎是在仔細審視，我的話是不是發自真心。

良久，終於從床墊聽見不清不楚的聲音。

「要是你……的……望的話。」

「嗯？」

「沒什麼。這還是你第一次，要求我去做什麼事欸。」

說完王冰就沒有再答半句話。最後，牆壁那頭開始響起微弱而沉靜的睡著呼吸聲。

過了一週，他對曹沃表示，會去他的店裡演出。

晚上七點，大木偶劇院的帷幕升起。

朦朧的舞臺燈光下，如鞭子般纖細柔韌的女人的腳劃出弧線。繫在芭蕾舞鞋上的鈴鐺發出輕盈音色，在劇場寬廣的空間裡迴盪無數次。天花板垂掛下來的布幔五彩繽紛，就像山間飛鳥的羽毛似的透著黑光閃動，將演出者們輕巧地拋到空中。

白粉像鱗粉般灑落，身上裹著皮草的女人們，以及用光澤閃耀的燕尾服遮掩皺紋和脂肪的紳士們，從觀眾席為她們的身姿而沉醉、喝采、標價。閃亮亮的寶石飾品，芳香甜美的吐息。飛濺而出的香檳。為了他們一晚的享樂，舞者們使出渾身解數，即使被好奇的目光刺穿，也得用自己肉體在舞臺上創造出美好幻影。

演出者的種類五花八門，將這個壯麗的空間發揮到極致，為了將它的魅力和自身的魅力更完美的結合展示出來。有來自別的城市，已經成名的人，也有想要從這個城市發跡的人。用眼神撩撥男人們的欲望，點燃他們的褲襠。儘管如此絕對不會讓人窺見下腹的花叢。這間店的女人雖然不是輕易就能到手，但也不能是到不了手的貨色。如何把舞臺上的女人們的價位拉高到極限這門技術，對於曹沃來說早已頗有心得。

「好漂亮喔。」

等待下個出場的女人，在側臺看著王冰這麼說道。西方口音的她是古典舞蹈的名家，一邊在國家舞蹈學院上學，一邊在這裡賺取學費。

「因為那傢伙骨子裡就是這塊料啊。」

一旁的曹沃說道。眼神仍舊冰冷無情，但嘴角漾起滿足的笑意。

「有種身體天生就是可以吸引人的目光。那就叫做天賦異稟的身體。不是單單指身高高、腿長、苗條、身材好……天賦是深深刻在骨頭內側的。是天生麗質。不管塞多少肉，把外表的臉整形成什麼樣子，只有骨頭是人類改變不了的。」

那個聲音聽起來除了對撿到寶的自己充滿讚賞，更意外地洩漏出率直的感動。雖然曹沃曾說這間店是「單純做生意」，但也可能是真心喜歡這類的藝術也說不定。

一旁的女人帶著嫉妒的神情瞥了曹沃一眼。曹沃也不知道究竟是有心還是無意地，露出沉醉的樣子忽略女人的視線，將寬闊的胸膛縮緊，傾身看著舞臺。

如果王冰擁有引人注目的骨骼，曹沃大概天生就是支配者的骨頭。不是像故鄉小鎮的男人們一樣訴諸於暴力。只是沉默地注視著。只靠這樣，就足以擊碎對手的驕矜自滿。他從來沒有對我投來目光。但要是哪天真的發生時，我沒有信心可以違抗他。

第二次來到這裡那天，曹沃說要安排幫王冰練唱。

「不是來唱歌就好了嗎！」

王冰的怒吼響遍整個舞臺。

「搞什麼鬼東西。可沒聽說還有這種事。算了，還是不要來了。」

「你以為這種素人演出能成得了大事？未免想得太美了吧。」站在眼前的曹沃用不慍不火的聲音回道。「我才不會讓給鄉下喝醉觀眾聽的幼稚表演站上我店裡的舞臺。」

曹沃舉起手杖，往面前王冰的下巴一伸。接著緩緩地，滑到他的胸前。像是在比劃尺規。

「兩腳併攏。背挺直。挺胸。下巴收起來。不要像個呆子一樣傻傻站著。」

王冰的動作磨磨蹭蹭。曹沃加大音量。

「唱歌不是用喉嚨喊。那種低級的唱法，配不上我們這間店。要像不能讓嘴巴裡的肥皂泡泡破掉，聲音要珠圓玉潤地出來。」

「搞什麼鬼。唱歌要怎麼唱，我有自己的方法。我照現在這樣唱就可以了。」

「連絲襪都沒穿就上臺的素人，少在那裡說得好像多有本事。」

「……反正，我收多少錢就只做多少事啦。大不了再回去『狐穴』坐檯。」

「我是在教你生存下去的方法。」

曹沃一步也沒有退讓。仍舊以手杖指著王冰的心窩，定定地看著他。

「所謂的變強，和只是揮拳是不一樣的。要活下去得動腦子。要在被有錢傢伙們生吞活剝之前，把他們騙來生吞活剝。這種竅門要學著點。」

「就算是這樣，要讓你這種傢伙來教的話還是免了。」

曹沃冷不防地一個巴掌朝王冰搧過去。清脆的聲音響徹天花板。

「講話的口氣給我注意一點。在這裡我說的話就是聖旨。要造反最好不要選錯對象。」

王冰帶著憤恨怒目看著曹沃，但最後往地上吐了口口水說道：「聽到啦。」

「還有。」

曹沃一面說著，抓住王冰的頭粗暴地將他拉過來。

「你……幹嘛……」

「這間店不會讓有病的進來。這是健康檢查。」

大掌輕輕鬆鬆就將王冰纖細的下巴一把攫住。手指陷進臉頰裡，讓王冰張大了嘴。曹沃彷彿要將整個人蓋在王冰身上似的彎下身，觀察著口腔內部。

「要是你被其他那些表演者傳染了，我可受不了啊。」

口水像絲線般從王冰張開的嘴裡垂落。王冰抵擋不了他的力量。默默地承受著他的手指。

好一會兒曹沃的手總算離開了。突然將還在踉蹌的王冰猛力一推，整個人壓在牆壁上。

「轉過去，屁股抬高。腳打開。」

王冰不情不願地將手扶在牆壁上，把雙腳打開到肩膀的寬度。曹沃一隻手強硬地把他的頭往下壓，同時用牙齒脫去另一隻手上的手套。拉鍊拉開的聲音。曹沃長長的手指，緩緩地沒入王冰那副像竹節般起伏的脊椎骨尾端。

「璐，你轉過去。」我聽見王冰嘴裡吐出痛苦的聲音。

衣物磨擦的聲音，肉體碰撞的溼潤聲響，王冰嘴裡漏出的呻吟聲。我只能沉默地聽著王冰的身體被打開。

「好，沒有問題。」終於聽見曹沃的說話聲。回過頭的時候，王冰早已經迅速地把牛仔褲穿上。

「看來是個很能派得上用場的貨色啊。」

王冰的眼眸裡燃燒著怒火。

「用不著那麼生氣。這種事是入店前的常識吧。」

曹沃從胸前的暗袋裡拿出雪茄點火。紫色煙霧的香味沖散了舞臺上溼黏的空氣。

「你前面沒有完整處理啊。」

「那又怎樣。」

王冰的聲音裡頭，方才的氣勢已經消失殆盡。

「沒怎樣，我還比較喜歡這樣呢。」

曹沃的雪茄飄出濃得嗆鼻的香草甜味。忽然間，不知為何故鄉那顏色淡薄的藍天，竟在眼皮底下延展開來。

「喜歡半調子的有錢人多的是。再說，像你這種的在別的國家早就不稀奇了。甚至有專門服務這種人的俱樂部。這個國家，還真落後。」

「等存夠錢，馬上就不幹這種事了。」

「會讓你賺個夠的。」

曹沃露出笑容。瞇起眼睛，看向天花板。從水晶吊燈灑落的光抹平他臉上的紋路，一頭銀髮被照得閃閃發光。

「在這裡為各位獻上的，是凝聚橙京之美的精華都無法比擬，巨大的夢——這世上一切的奢華，全部都在這裡展示出來。觀眾會看見，你也會。」

演出結束了。震耳欲聾的掌聲甚至傳到臺側。王冰身上汗水淋漓，搖搖晃晃地衝進來。表情寫著完全耗盡體力和精神，全身脫力地癱倒在後臺的服裝箱上。在我靠過去前，曹沃已經大步走近。

「後半段，有點鬆懈了對吧。再抬頭挺胸一點。做出高級的樣子來。就算為唱歌竭盡全力，也不能被觀眾看出來。」

「觀眾席比姚平店裡遠，抓不到感覺啊。」

「不要在那裡跟我耍賴。」曹沃的聲色嚴厲鐵血，壓迫著王冰。

「去從觀眾席到舞臺來回跑個一百次。讓身體記起來。這間店的感覺。」

「老子不幹了啦。」

王冰坐到椅子上，粗魯地伸開那雙包著絲襪的腿。被甩掉的細跟高跟鞋在地上粗魯地彈跳。

「說過了吧。不許弄髒我的舞臺。要做就得做到最好。」

總覺得，曹沃只對王冰比別人更加嚴格許多。不知道是因為他是男的，還是因為他不像其他女人們那樣乖順聽話。

「你是我買來的。最好在我還願意付錢的時候聽話一點……你的未來可是掌握在我手裡呢。」

「……垃圾。」

王冰苦澀地咋了咋舌，別過了臉。曹沃單手抓住他撇向一旁的臉，在耳邊說了些悄悄話。不知道說了些什麼，我這邊完全聽不見。王冰的視線投向已經開始下一場演出的舞臺。兩人就那樣壓低著聲音，聊起了什麼。在舞臺側邊的我，看不清隱身在深深陰影中那兩人臉上的表情。

王冰彷彿顧慮我的心情，朝我這邊瞄了一眼。那是至今未曾見過的神情。

「璐，抱歉。今天你就先回去吧。」

當時王冰的視線飄著憂慮，我應該更加注意的。但我竟然讓它從指縫間溜走。我什麼話也沒有對他說，舞臺的光線像無數根針射進熱得悶出汗的後臺，在朦朧的燈光遮掩下，只能對著他們兩人點點頭，除此之外束手無策。

我獨自一人，回到陰暗的公寓。

清晨天剛亮的四點左右，聽見門被「嘰」的一聲打開。他回來了。接著從浴室傳來猛烈的水聲。不知為何，總覺得很難說明為什麼到這個時候還沒有睡，便維持著背對著他的床，面向牆壁的方向，繼續裝睡。

不久後，王冰每週會有兩、三天被曹沃帶著出門，不知道去了哪裡。

深夜，黑暗中傳來曹沃的汽車的引擎聲。每次我都會在床墊上全身僵硬。專心地側耳傾聽王冰胡亂爬到旁邊的床上。

我究竟是為什麼要一直裝睡呢？就算問自己也沒有答案。或許，只是那毫無意義的尊嚴，不論白天還是晚上都殘留在體內吧。我為他做的粥，無可奈何地被放到了早上。

「我說你，老是待在這裡對吧。」

突然，如銀鈴般的嗓音自頭上落下，我抬起了頭。

那是在從大木偶劇院後門出來的小巷裡，坐在摩托車上等待王冰結束演出的時候。

和那個女孩對上目光，她便把嘴角咧開到最大限度，堆起了笑容。

瞬間飄來清爽的茉莉花香氣，將填滿巷子的垃圾臭味推開來。圓圓的眼睛畫上帶著亮粉的眼影，濃濃的黑色眼線往上勾勒，讓活潑的印象顯得更加顯眼。黑髮綁成馬尾，垂在脖子上。整體來說平坦的長相中，只有塗了橘色口紅的嘴唇彷彿將藏在深處的能量全部表露在外似的，顯得特別突出而挑釁。

我感到困惑，她則是維持著那張笑臉繼續說道。

「你是王冰的跟班吧？每次都在側臺看演出。」

記憶總算回流，她是接在王冰後面演出的女歌手的合聲歌手兼舞者。對她的印象只有穿著五顏六色服裝，化著濃妝，邊唱歌邊扭腰擺臀的模樣。近看她的臉，才發現比起在舞臺上見到的要來得稚氣得多。

「我叫做莉莉。你呢？」

「……璐。」

「喔，王冰、與璐啊。喔。」

不知道究竟理解了什麼，她把手放在小巧的下巴上微微地點著頭。隨著她的髮絲搖擺，飄散在周遭的香味忽濃忽淡。明明是廉價的香水，混合了她的體溫，竟然變成像是真花般，嬌豔欲滴的花香味。

「欸，你喜歡讀詩喔？」

她看了看我的手邊，問道。到剛剛為止在讀的詩集還攤開著。

養父母的書架上，塞著非常多他們從國外帶回來的書。我隨時都可以從裡面拿取喜歡的東西來閱讀。感覺和穿著亮晶晶的鞋子的同學們格格不入的時候，又或者，對我自己那雙亮晶晶的鞋子，有時感到拘束的時候，我就會進去父母的書房，潛進書海之中，安撫自己的孤獨。在那深青色的厚紙書皮包圍的範圍內，我可以自由地飛往任何世界。

教會了我讀詩方法的養父常說：「不論是印度的聖人，還是英國的古代劇作家，都跟我有著同樣輪廓的心。寫出動人心弦詩作的人，心的形狀一定和你相同。讀詩這件事，是共享彼此心的樣貌，確認重疊之處的工程。」

出自遠在天邊，海的另一端的高知識分子之手的一小節詩，和乞骨街出身的我竟驚人地有交疊的部分。這實在是太過不可思議。靈魂從我這個形體當中抽身，和生活在過去時光的人們產生共鳴。把難以名狀漫無邊際的心情，切割鑄造成文字，賦予形貌。

持續的逃亡生活，讓我直到最近，都忘了自己曾有這分喜悅。自從幾天前，我撿到來香菸店買東西的外國旅客忘在櫃檯的這本書，這分喜悅才再度回到我的胸中。

莉莉不在意我防備的態度，說：「欸，這種的你都看得懂喔。」從我手上拿走那本書。從書頁間露出折了兩折的廣告傳單。我匆忙出手想塞回去卻為時已晚。莉莉眼睛一亮，撿起那張掉在地上的紙。

「你自己也會寫？」

「還來啦。」

我伸長手臂想拿回來，卻碰不到莉莉。穿著表演服的嫩綠色緞面連身裙的身軀，華麗的轉身逃過我的手，直接毫不留情地在路燈下朗讀起來。我的臉紅到了耳根。

「……寫得不錯啊。」莉莉臉上露出笑容。

「你的詩，是寫給誰的？」

「沒有，才沒有什麼寫給誰。」

「欸，我說啊，也為我寫幾首嘛。」

莉莉說著，將手勾上我的手臂。施力的方式與其說是為了勾引我，更像是表達溫暖的親近之意。

「比起說是詩，應該是歌詞。其實，我很想當歌手。」

莉莉說著又一個華麗的旋轉，做出手裡拿著麥克風的姿勢。學起流行歌手的樣子，擺著腰哼著曲子給我看。

真是個自得其樂的傢伙。我對她的警戒心開始慢慢化解。在這個充滿疲憊與骯髒祕密的大木偶劇院後臺，給人看光鮮亮麗演出的人們，傾倒暗沉與淤積的陰暗巷弄裡，她的輕快活力彷彿在黑暗之中冒出新芽的風信子，綻放出水靈靈的光芒。心的深處，堅硬僵固的東西被輕輕軟化。

「我就是為此才離開鄉下的。我們那個村子，到處都只有田地跟雞，真的是無聊透頂。從小我的樂趣就只有從收音機裡聽到的歌聲。當然爸爸是超級反對啦。說什麼『為了妳的幸福，應該要乖乖跟村子裡最勤奮的男生結婚』。可是對我來說是門都沒有。一定要在這個城裡成功給他們看。」

莉力挺起胸膛說道。柔韌堅挺的雙峰峰頂向上翹起。

「欸，所以，我啊，打算一個人去參加試鏡選拔。就幫我寫個歌詞嘛。雖然流行歌也可以，但想到是為了我寫的話，不是比較有意思嗎？」

「好啊。」我答道。

「就寫幾首試試看吧……可以給我到下禮拜三為止的時間嗎？」

「當然好。」莉莉笑著說。飄散在小巷暗影中的茉莉花香，和她的笑容一同變得更加濃郁。

莉莉是西方的農村出身，是村裡最有錢的富農之女。原先以為肯定是貧窮人家的孩子，但她的父母似乎擁有足夠讓她受教育和學習才藝的財富。她從小就受詩文和音樂薰陶，徹底接受高等教育的恩惠。莉莉是么女，在哥哥姊姊疼愛之下長大，但並不滿足，有更遠大的野心。據說從學校畢業的莉莉馬上乘著火車來到這個城市，單槍匹馬闖進大木偶劇院，毛遂自薦要求曹沃僱用她。

我和她很快就變得親近起來。把寫的歌詞給她看，莉莉便會直接即興試唱。如果她覺得不行的話，我們就重新討論，修改幾千次幾百次。實際上要在哪裡的舞臺才有機會唱，已經無關緊要。我只是單純地，在疲乏倦怠的生活中，需要找事情來填補空閒得令人發慌的時間。就算只有一個人也罷，有人被我寫的東西安慰令我非常開心。

不需要接送王冰的日子，我會應莉莉之約在演出結束後出去晃晃。讓莉莉坐在摩托車的後坐，在街上奔馳。只要我跟她說我沒錢，她就會很大方地請客。她會說：「就當作是幫我寫歌詞的回禮吧。」

我們喜歡去沒有去過的地方，沒錢也有沒錢的玩法。很受歡迎的市集街或是運河河畔的咖啡酒吧。都是些平時我一個人，拖著不方便的腳步不會想去的地方。在小酒館和莉莉的朋友們歡聲笑語、熱鬧繁華的街上風景，這對於一直以來躲躲藏藏過著日子的我來說一切都很新鮮。

莉莉只要喝醉就會用第三人稱自稱：「莉莉我呀……」莉、莉。用舌尖在上顎彈奏般，豪爽的發音，完全不是故意要挑逗男人，強調出青澀的活潑，在伙伴間僅止於當作妹妹那樣疼愛。那也確實是我喜歡她的原因之一。她似乎有喜歡的男生，但好像發展得不是很順利，常常會向我訴苦。我們喝著啤酒，專心致志聊上好幾個小時。

有時候，我也會讓她騎我的摩托車。每當她的黑髮被風吹動，芳香的氣息就會充滿肺部。溶進風中流動的那股香氣，混進從運河飄來的一絲絲海的味道，喚起遙遠的記憶。

「那，你跟王冰怎麼樣了？」

逛過幾間店後，我們一如往常地在運河邊的步道乘涼。風舒服地吹過坐在摩托車上我們之間的空隙。可以看見運河另一側的對岸城鎮。幾千棟建築物發出的亮光將深藍夜空的邊緣染成紅色。

每當她聊完自己的男人之後，總會把話題丟到我身上。

「什麼怎麼樣。」我每次都不知如何是好地搖搖頭。「沒有什麼好說的啦。都還是老樣子啊。」

我和王冰在這陣子，生活作息漸漸開始錯開。我出門工作的時候，他才搖搖晃晃地回到家，傍晚又出門了。由於白天我在香菸店工作，見到面的時間很少。演出之後他去接待客人不知去向。至於是哪樣的接待，我也不想要知道。

「你們兩個，到底算什麼？」

「算什麼呢，到底。」

晚風讓醉醺醺的腦子降溫下來，我回答道。

「不過，確實不是情人喔。」

「不是情人，也不是小白臉。但是你們一直在一起耶。」

「應該就是，朋友吧。一直在一起也是理所當然。」

「理所當然一直在一起，卻只是朋友？」

她緊緊盯著我的臉。不知道是不是酒精，臉一片酡紅。

「我跟妳，是朋友？」我不知道該怎麼回答。莉莉「唔嗯」地一聲，好像擅自得出結論，把雙肘撐在膝蓋上，眺望著運河上來來往往的客輪。

「欸，你相信命中注定的對象嗎？」

「命中注定……」

「對啊，命中注定。到死都會在一起。」

「嗯——」我搔了搔頭。

「到死都會在一起，就是命中注定的對象嗎。」

「不要想得那麼複雜啦。總而言之，就是認為與這個人遇見是命中注定的對象。」

「妳現在喜歡的人，不是這種對象嗎？」我問出口的話，讓莉莉的身體僵了一下，猛然抬起下巴。就像是為了壓抑從胸口竄上來的某種東西似的。

「我也是想說，要是那樣，就好了……可是，在想說要是那樣就好了，的那一刻，就不是了吧。」

我們沉默地望著遠方。滲進黑暗之中的郵輪的華麗燈光不停閃爍，忽遠忽近。

「我認為，就算不是……如果現在想在一起，那在一起就好了呀。」

我說道。

「畢竟心裡要放下，可比離開身邊要難得多了呢。」

「說得好像很懂一樣。」莉莉這麼回道，一邊把身體伸展開來。

「你這個人，明明一點戀愛經驗都沒有的樣子，卻很會說這種漂亮話呀。」

我不禁有點惱怒。莉莉若無其事地繼續說。

「心這種東西還真不可思議呀。明明連在身體哪個地方都不知道，卻完完全全地支配我們。讓人做出荒唐至極的舉動，造成不合常理的狀況。一輩子都躲不過。」

「沒錯呢。」

「欸，對你來說，王冰就是不可或缺的存在對吧？」

「不可或缺……」

「對啊。既不是戀人，也不是小白臉。但是，是心裡放不下的對象。」

「我是根本沒想過，是不是不可或缺還是怎麼樣啦。」

我將手撫上胸口。

「一直都在一起，應該就是這麼一回事了吧。」

——但，對他來說呢？

我說不出話了。屈起背，將不便的右腳拖過來，看著地面。

坐在身旁莉莉的頭髮，被風吹到我的臉上。黑暗之中，柔和的香味無限膨脹，在胸中搔刮著。

這時，有個溫熱硬實的東西默默地放到肩上。是莉莉的頭。

我們仍舊不發一語，一直看著運河。

陰暗的走廊又悶又熱，越往深處前進就讓人覺得越來越狹窄。大木偶劇院潮溼的後臺。是比起光鮮亮麗的舞臺，賺來的錢更多，可以看到舞者們展露出不為人知姿態的地方。

王冰的休息室在走廊的最深處。不相關的人員是禁止進入的。

「璐。」

王冰轉過來，看著沒有敲門便開門的我。坐在貴妃椅上，抽著菸管。衣服敞開，露出誘人的胸口。臉上浮現出困惑的表情。

我旁邊有什麼東西動了一下。我嚇了一跳。沒有預料到有別人在。身材矮小的老紳士，正對著門旁邊的鏡子繫著領結。實在矮得驚人，比王冰還要矮。高級的西裝質料，在天花板的燈光照耀之下閃著光滑的反光。皮膚是淡淡的奶油色，和這個國家不斷被日光曝晒的人們有著不同質感。儘管長了斑點，還刻有深深的皺紋，肌肉紋理是日本人特有的結實。我見過這個人不少次。來的時候身邊不會帶著女人，總是坐在前排的觀眾席，帶著專注的眼神欣賞王冰的演出。

紳士戴上絲質禮帽，穿上外套之後朝我看了一眼。與其說是四目相交，更像是目光掃到擋在往門方向的障礙物的感覺。他的國家的人們，幾乎不把我們國家的人當作人來看待。並不只是他們。幾乎所有來到這個場所的人們，都不會用看待人類的眼光，來看那些身分比自己低的人。除非像是王冰這樣特別的存在。

「我還會再來的。」他靠近王冰，彎下身子在他臉上親了一下。我還是第一次在這個地方碰上店裡的客人，心裡十分不舒服，別過了臉。房間的燈光昏暗，張牙舞爪地充滿不知名的古龍水臭味。

他這次連一眼也沒有瞥向我，直接從旁邊穿過離開了房間。

「真難得耶。你竟然會白天跑來這裡。」

不同於以往，顯得漫不經心的聲音。被曹沃訓練出來的女聲，在我聽來只感到滿滿的不協調。

「香菸店的老婆婆發燒了，就提早關店……這給你。」

我把手裡的小紙袋遞給王冰。

「我想說，你之前滿喜歡這個的。」

王冰以前很愛吃黃穀包。在故鄉的城鎮常常看到路邊攤，但在北方的這個城市很難找到。剛才，要拿新的歌詞去給莉莉的時候在街角看見，便決定買過來給王冰。

「謝謝。」王冰小小聲說著，接過了紙袋。

場面很尷尬。很久沒有好好見上一面，卻找不到任何話可說。總覺得似乎是我走錯了場合，光是待在這裡都感到難堪。

「你最近，有回家嗎？」王冰突然這麼說道。

「那不是當然的嗎，每天都有回家啊。」

我吃驚地答道。

「我也沒別的地方可去。」

「呼嗯。」

王冰悶著聲音說。沒有打開紙袋，吸著菸管。

「那個莉莉啊。」

他「鏗」地一聲，把菸管往菸灰缸上敲了敲。

「最近，連練習到一半都可以恍神，整天心不在焉。曹沃很不爽。你去跟她說，再這樣下去，會被掃地出門的。」

「為什麼是我去？」

「你們很要好吧。」

是什麼時候，被看見跟莉莉在一起的呢？王冰沒有看著我。只有菸管的煙，在我們兩人之間描繪出滯塞的花紋。

「剛才那個傢伙，是日本人吧。」

我轉移了話題。

「我之前，有看過他……是常客對嗎？」

「是外交官。」

王冰的語氣非常冰冷，毫無感情。

「有空的時候，會教他一點簡單的讀寫……因為他說，我教得比語文老師還要好。」

「你教他，讀寫。」

我明明沒有打算要帶任何情緒的。

「直到我教你前，根本就不識字的你。」

在我自己被那話語中帶著的刺給嚇到的時候，已經來不及了。王冰的視線中，染上一抹從沒有看過的顏色。正當慌忙想要開口說些什麼的時候，門後傳來曹沃的聲音。

「喂，趕快準備。該去下個客人那邊了。」

他從貴妃椅上站起來。整理好衣服，打算直接從我身邊走過。

「抱歉啊，沒時間了……這個黃穀包，謝謝你啦。」

「你教他的，不是只有讀書寫字吧。」

聲音在顫抖。累積在胸中的無數尖刺，止不住地不斷從口中噴出。

「才沒有人，專程只為了學讀書寫字到這種地方來。」

不知為何感到非常惱怒。王冰冷漠的態度令我惱火。穿得一身高級，一副不帶任何欲望的樣子，卻讓王冰對他百依百順的老紳士也令我惱火。我就算重來幾百次人生，也沒有機會碰得起一根流蘇，他的那件高級外套也令我惱火。

「你說得對。」他停頓了一下，然後自暴自棄地回答。「能賣的我都賣啊。」

「不是可以不用再去『狐穴』坐檯，才選擇這個工作的嗎。」

我笑了。感覺到嘴角難看地扭曲。就連毫無保留地表現出憤怒，都讓我感到不堪。

「叫我來這間店工作的可是你喔，璐。」

冷硬的聲音像盾牌般，將我和他之間的距離拉得更遠。

「我是怎樣都好啦。只要能賺錢都沒差。」

珍珠項鍊。放在桌上的戒指。掉在地上的耳環。像是在對拋棄他們的對象表達不滿似的，散發著黯淡的光。

當時所說的話全都是謊言嗎？

——就算窮困，只要能跟你，兩人在一起就夠了。

這不是你說的嗎？

「果然跟以前一樣都沒變啊。」

「什麼意思？」

「字面上的意思啊。你還是跟小時候一樣。到頭來，還不是回頭用這種方式賺錢。」

從想抑制住的理性縫隙間，負面感情漏了出來。

「這就是人家說的，三歲定終身嗎——」

「你。」從他低著頭的嘴裡，發出前所未有的低沉嗓音，讓我聽得心臟一縮。他用像是要燒起來似的眼眸瞪著我。

「以為我很喜歡幹這種事嗎。」

蒼白的臉上浮出紅色血管，變成了紫色。過去他面對暴虎的屍體、面對杜瓦，怒不可遏的目光，如今正面對著我。

「你以為、我、很喜歡、這樣嗎。」

我知道自己犯下了錯。就算想要收回前言，也說不出合適的話。但是同時，又不能在這時候認輸。

「如果不是的話，就證明給我看啊。我……」

王冰用力推開我。沒讓我把話說完，便開門向外走去。我急忙拉住他的手。

他沒有回頭看這邊。

——如果不喜歡，不要做不就好了嗎？

——為什麼每次，都選擇沒有我的那條路呢？

面對冷冰冰的側臉，那些無處可去的話在心裡亂成一團。

他那虛無的目光，突然轉了過來。我感到退縮。在那雙眼裡，對竹馬之交的親愛，對搭檔的信賴，全都消失殆盡。

「也許你說得沒錯呢。」

他以有氣無力的聲音說道。

「明明有其他的方法，卻還是選擇做這種事，是我自己喜歡……如同曹沃說的，滲透骨頭裡的本性到死都不會改變，一定是這樣。」

他輕輕地關上門。把我一個人，留在殘留著歡愛痕跡的房間裡。

可以感覺到他站在門後的氣息，但是很快地，便隨著細碎的腳步聲消失了。

王冰完全沒有再回過家。

我完全失去活下去的方向。喝酒分散注意力不去想他的缺席，但那些嘗試幾乎都以失敗告終。整晚豎著耳朵，想著有沒有可能聽到曹沃開的車的引擎聲。在早上最早出門工作的摩托車聲從窗下響起的時候，終於輸給身體的疲倦失去力氣。

其實早就想要跑去大木偶劇院，把額頭貼在地板上道歉。但是膽小如我，連這都做不到。要是又再次撞見他跟客人在一起的畫面——要是他直接挑明，他所存在的世界和我所存在的世界早已有著深深隔閡，我連伸手觸碰他都不被允許呢？不，或許我只是，不願意承認自己的過錯而已。那次的口角總不可能，將我們永遠割裂開來了吧——他一定會像什麼事都沒發生過一樣，再次回到我身邊吧——耽溺在幼稚的願望當中，也沒有做出任何行動，只是窩在黑暗的屋子裡。

正是有他，我殺了人，遠遠地離開故鄉，從不去在乎命運是多麼的瘋狂，一路走來這麼執拗地活著。正是他牽引著，我才能夠往前走，來到這裡。

即便，已經遠遠地背離人倫常理。

沒錯，一路就是這麼過來的。

難得出門採買回家的時候，發現莉莉站在門口。我是有告訴過她住址，但她還是第一次來。

「莉莉。」

莉莉一看到我的臉，就笑著說：「天啊，臉色還真慘。」我們真的很久沒有見到面了。

「搞什麼呀。怎麼搞成這副鬼樣子……和王冰發生了什麼事對吧？」

我沉默不語，她便突然抱住了我。與其說是擁抱，更像是使出格鬥技或是相撲招式的程度。

她黏在我身上好一陣子，最後終於俐落地分開，說道。

「嗯，沒問題。對你的感情果然不是戀愛。」

「喂……幹嘛啊，這麼突然。什麼叫做沒問題。」

「我決定要去煌港了。」

真是突如其來。

「我被經紀公司挖角，要去參加唱片公司的徵選。搞不好可以在那邊出道。」

煌港是緊鄰著橙京，中間隔著運河的特別行政區。先前在戰爭中被他國奪走，直到現今都需要特別的身分證明才能進入。對於這個國家很多人來說，拿到煌港的身分證明是件令人嚮往的事。

「妳很厲害耶。」

我發自內心地這麼說道。

「恭喜。妳一定可以的。」

「所以說啊，璐，跟我一起去煌港吧。」

她露出至今為止見過最認真的表情說。

「我看出你作詞的才華了。無庸置疑可以成為最優秀的作詞人。就像我當上最紅的歌手一樣呀……頂尖需要頂尖的才能加持。我想唱你寫的歌詞。」

實在太過突然，我無法當場消化她的話。

「沒有……我只是寫好玩的。」

「我的聲音需要你的文字。拜託。來當我的合作伙伴。兩個人一起闖出一番事業吧。」

「太看得起我了吧。我只是個……」

「難道，你想要就這樣被埋沒一輩子嗎？」

她的目光中甚至混雜一點憤怒。

「難道，你打算一輩子活在王冰的庇護之下嗎？」

腦海裡浮現他站在燈光下的身影。頓時，一股無以名狀，沉重黏稠的感情從腹部湧上胸口。

原本是打算藏身在陰影之中，兩個人相依為命活下去。但對方突然被拖到聚光燈下，接受眾人的喝采，飛得好高好高。一開始對此感到開心，對於這樣的情況完全不作他想。只是單純地覺得，只要他能夠幸福就好——希望可以從生活累積的爛瘡膿傷之中守護他，期望能稍微拂去他心裡，還有我心裡的悔恨，明明只是這樣想而已。

正是因為他需要我，我才追在他的身後來到了這裡。然而現在又是如何？我胸中就只剩下那晦暗陰溼，有如泥濘一般的情感。

如果他不需要我了，今後我該需要什麼才好？

「我很清楚他對你來說是非常重要的存在。不過，璐，你也該是時候為自己的幸福考慮一下了吧？」

一直以來都認為我的幸福就是跟他在一起。和他兩個人，一起過著平凡而簡素的生活。對於丟棄了一切的我來說，那就是僅存的唯一希望。

「我不知道你至今為止過著什麼樣的人生。也不知道你跟他是什麼關係。過去怎麼樣都無所謂了啊。我看見的是你的未來。希望看著同樣的未來，才來跟你說這些的。」

莉莉嘆了很大一口氣，繼續說道。

「還記不記得，我之前跟你說過命中注定之人的事情？」

「嗯。」

「我後來懂了。一起放眼未來的人，正是命中注定之人。然後，那個對象不需要是戀人也沒有關係。像我和你就不是戀人。而是朋友。不過，就算是這種形式的對象，也可以說是命中注定之人吧。」

莉莉說著，手臂再度環住我的身體。「碰碰」地拍了拍我的背。

「你好好考慮一下嘛。反正還有一點時間。」

「什麼時候出發？」

「一個月後。」

莉莉說要去排練，便跑下了階梯。跑到階梯最下頭的時候，她轉了過來。那臉上，說不明白地，已經完全看不到那種天真爛漫，充滿女孩般戲謔的表情。是做好連同背負他人人生的覺悟，成熟的大人的樣貌。

「拜託你囉，璐。請不要把你體內沉眠的東西給白白浪費了。」

半夜三點，浴室傳來水聲。是王冰回來了。

我的心臟大聲地跳著。胸腔極力地撐開，為了找回呼吸的節奏。不知何時就睡著了。殘留著酒精的腦袋非常沉重。聽見排水不良的排水孔發出「咻嚕咻嚕」的堵塞聲音，還有水花打在地面的聲音，透過地面冰涼的磁磚傳來。

我一邊等他洗好澡出來，一邊在腦海中不斷地不斷地琢磨著該向他說些什麼話。

窗外已經下起有冬天味道的雨，沁寒入骨的冷空氣穿過鋼筋的牆壁，布滿整個公寓。嚴寒的冬天很快就要來臨。對於在南方國度出生長大的我們來說，寒冷就只能是不折不扣的敵人。

水聲持續了很久都沒有停。只會流出溫涼熱水的蓮蓬頭，要是淋太久的話身體反而會著涼。我下定決心爬了起來。在寒氣之中縮著身子往浴室的方向走去。

廚房很暗，一盞燈也沒有開。伸出手摸到開關，將浴室的電燈打開。白熾燈燈泡將出現裂隙的磁磚牆壁，還有髒兮兮的浴簾暴露了出來。

「王冰。」

他沒有應聲。只見簾子的後面，有個瘦小的身影蜷在那裡。我吃了一驚。從浴簾底下的縫隙，一雙慘白如屍體的腿無力地癱在地上。

連忙拉開簾子，看見全身脫力的他赤身裸體地躺在地上。

「王冰！」是什麼時候瘦成這個樣子的。髮絲貼在血氣盡失的臉頰上，看起來比起最後一次見到的時候還要瘦削了不只一、兩圈。被蓮蓬頭的冷水水花擊打的身體鐵青慘白。肋骨和鎖骨彷彿雕鑿一般暴凸出來。脂肪消失得一點也不剩，肩膀上服貼著骨頭的皮膚隨著呼吸，反覆擴張開來又皺縮回去。

「……璐。」

他虛無飄渺的雙眼看向了我。嘴唇毫無血色，和那張慘白的臉完全溶在一起。

「喂，還好嗎？」

我急急忙忙地將他抱了起來。他的身體放在我的手臂上，簡直像是枯朽的木頭那麼輕。毫無脂肪的胸板上兩顆乳房垂晃著，彷彿只有此處是別的生物似的令人感到不舒服。脫落的假睫毛沾黏在側腹。我用浴巾把他包裹起來，抱回寢室。實在不忍心讓他躺冷冰冰的床，於是便把他放在我剛才睡的床墊上。

「你，為什麼……」

「……不要說出去。」

在紊亂的呼吸之間，他擠出微弱的聲音。

「拜託，不要跟曹沃說。」

「你到底在說什麼啊。」

我抓住他的肩頭。轉瞬間，腦海中忽然閃現過去父親和母親躺在棺木中的身影。在此之前明明一次也不曾想起過。

「下個月，有場很大的演出。」他骨瘦如柴的手指，抓住了我的手臂。「不是在大木偶劇院。是在更大的劇場。我是壓軸。等到那場演完之後，會有一筆不錯的收入。在那之前。」

手指陷進我的皮膚裡，力道驚人的強。

「在那之前，拜託。千萬不要跟任何人……包括莉莉，也不可以說。」

王冰的症狀日益加劇。白天短暫漂浮在極淺的睡眠中，到了傍晚就爬也似的往舞台去。反反覆覆地發燒、退燒，一天比一天還要更消瘦衰弱。

「化個妝就能蒙混過去了。」

他對試圖阻止他出門的我說道。

「不想讓舞臺空下來。可不想讓曹沃起疑心。」

「為什麼要做到這種程度！」我叫道。「如果是錢的事情，我可以想辦法啊。所以你就好好休息。這不是需要賭上性命做的事。」

「就算你不能理解也無所謂。」

我被震懾住了。他的眼裡如今，閃爍著毅然決然的光。

「別人怎麼想都無所謂。要鄙視我也行……但是，只有這點希望你明白。我絕對不是被誰逼的，也不是覺得很悲慘自暴自棄——這是我，自己選擇的。是我想做才去做的！」

我又重新跟在他後頭，開始三天兩頭往大木偶劇院跑。很久沒有看他的演出，表演突飛猛進的程度令人不敢置信。魅力和熱度，簡直不會輸給大木偶劇院裡華美的裝飾。他那壓倒眾生的歌聲環繞整個劇院，完全感受不到身體的衰弱。用盡靈魂，燃燒生命，榨乾最後一滴血而唱的身姿，不只是觀眾，在場每一個人都目不轉睛。

他的嗓音，道盡了他人生的一切。

在密集得幾乎無法從桌子間鑽過的觀眾之中，我看見了那個老紳士。他孤身一人沒有任何同伴，在最前排專注地看著王冰。他的眼中——在老花眼鏡後頭，埋在茂密眉宇間，細如絲線的一雙小眼睛當中，浮現出不同於欲望，接近於憧憬的神色。那和我小時候，對著在巷子裡奔跑的王冰所抱持的情感，別無二致。

看著在臺上高歌的他的身姿，我有種可以就這樣一直看著到天荒地老的感覺。沒有辦法把他這個存在，從這個空間奪走。好幾次試圖攔住要出門的他，每每還是，無力地將手收了回來。不能把他好不容易才找到的希望，從他身上奪去。也不僅限於我。不論是誰——就算神也不許這麼做。就算這件事，正一點一滴啃蝕著他的生命。

昏暗的房間裡，可以聽見王冰因為發燒而虛浮的呼吸，混雜著窗外的雨聲。從昨晚就高燒不退，光靠著蓋上吸滿冷水的毛巾根本降不下來。

與起伏的胸膛同時，從喉間漏出了「咻」的聲音，眉根痛苦地皺成一團。看了實在是於心不忍。慘白的雙頰在黑暗中沒了輪廓，實在讓人擔心他還撐得了多久。

我俯視著睡著的他，在床的側邊坐了下來，思緒開始漫遊。

——現在，把我的骨頭挖出來的話，究竟會是什麼樣子呢。

肯定，非常醜陋難看吧。至關重要的人就要死了，卻始終無動於衷地袖手旁觀，無能男人的骨頭。

我想起三年前，在他的房間裡，兩人說過的話。那個時候的我，不知道他背負的東西究竟有多巨大，只是逕自盲目地相信著，兩人的未來自然而然就能夠繼續延展，就好像我們的身高那樣。那時的我不知地獄，甚至不明白自己所處的境遇是何等優渥，一味地飛身撲向任性妄為的欲望之火當中。

當時，到底該怎麼做才是正確的呢。

當時，要是沒有朝著杜瓦扣下扳機，乖乖讓他殺掉，如今我就不會成為他的枷鎖，他也不會生病，可以自由地，照自己的方式活下去吧。

還是說，要是我從來沒有想過，再見他一面的這種念頭就好了吧。

要是沒有為了見他，跑回乞骨街去就好了吧。

要是十年前的祭典之日，沒有跟在王冰的身後追過去就好了吧。

還是說，要是從一開始就不曾相遇的話——

「覺得是我錯了嗎？」

忽然他的唇邊洩出話語，我嚇了一跳。王冰正看著我。

發燒而渙散的眼睛顯得溼潤，我察覺他此刻並不清醒。

「欸，璐，你說我到底是，從哪步開始把人生走錯的呢——你認為我所做過的一切，全都是錯的對不對。」

他用乾澀的聲音重複地說著，而且，盡全力強調著「錯了」這個詞。

「把你捲進我的命運裡，受到懲罰也是活該吧。」

「不可能有那種事。」

我握緊了他的手。「你從來就沒有做錯什麼啊。對吧，王冰。」

聲音在顫抖。王冰沒有答腔。呼吸越來越淺。臉色像死人一樣發青。

「如果是這樣，為什麼我直到現在，都還是埋在爛泥深處呢。」

從冰冷的手腕內側甚至感覺不到脈搏。瞳孔連聚焦的力氣都沒有，深深地陷進消瘦凹下的眼窩之中。

「犯錯的，是我才對。讓你的人生，變成這樣一團糟……要是我沒有妄想什麼跟你在一起就好了。」

「沒有你的人生，根本沒辦法想像啊。」

王冰突然笑了起來。

「如果我死了的話，骨頭你就幫我帶著好嗎。不要把我留在任何地方——不論是這裡，還是乞骨街。」

「不要亂講蠢話了。很快就會好起來的。之前不是也都撐過來了嗎？」

他像是在思考的樣子，再度閉上眼睛。臉頰上似乎出現一絲絲的紅色。

「幫你換一條毛巾。」像是要抱住他那樣，把手伸進床單跟背部之間，抬起他的身體。他也攬住了我。墊在床單上的毛巾已經被汗水浸得溼透。他的手繞過肩膀抱住我，我失去了平衡。我的重量壓在他那彷彿隨時會斷掉的身軀之上。

「你……就是我的故鄉。」

在裸露的胸口深處，有個散發著微弱熱力的東西。波浪般的脈搏。上下起伏的胸口。褪了色的唇像是在索求著什麼微微張開。我著迷地將舌頭伸了進去，緊緊抱住他。撫摸著白皙的肌膚，順從著索求將唇貼上。他的手也纏繞上我的背。耳畔聽見他的吐息。在他那彷彿就要消失不見，形貌稀薄的身體之中，有個地方漸漸變得堅實。

感受著彼此的熱度，在失去意識之前，他像是囈語般悄聲說道。

「除了你以外，我沒有任何的歸宿——我說，璐，拜託你了。就算我死了，也不要丟下我。」

還有能為他做的事才對。在他的生命消逝之前。要盡我所能，把他的命運歸回原位。

黑暗之中，響起曹沃堅硬的鞋子的聲音。浸透骨髓般的寒氣之中，飄來濃濃的香草甜味。深夜的大木偶劇院，最適合密會了。

「小跟班找我到底有什麼事。」

曹沃打開倉庫的門走進來，一見到我劈頭就是這麼一句。窗外的月光，從堆積如山的紙箱縫隙間照亮他冷漠的臉。帶著明顯的不快，又似乎在看著什麼笑話似的，帶著一抹淺笑，抽著雪茄。

「敢把我叫來這裡，膽子還不算小嘛。」

「我想要你介紹工作給我。非常多，很大的那種。」

曹沃那黃寶石色的雙瞳，吸收了月光膨脹擴張。他同時偏了偏白淨的臉。胸口以下還是掩藏在黑暗之中。

「會來拜託我，表示不只是想要個簡單的工作而已對吧？」

之前透過莉莉得知，曹沃和橙京的地下組織有關係。經營大木偶劇院需要龐大的資金。為此經手見不得光的工作，有時候也會把員工抓出來賺錢。一方面把道上的客人介紹到劇場，讓舞者去款待他們。

「不管多危險都沒關係——相對的，酬勞絕對要交給王冰。」

「那傢伙，生病了吧。」

曹沃吐出一口煙。沉重黏膩的柑橘香味，塞滿眼前一整片黑暗。

「是心臟——還是肝啊？」

「你早就知道了嗎？」

「我又不是瞎了，怎麼可能沒注意到商品受損。」

「你、明明知道還讓他……」

「員工自己說想要工作。有哪個老闆會拒絕嗎？」

「他會病成那樣，全都是你害的。」

一股猛烈的怒氣湧了上來。我把集中在拳頭上的憤怒，用盡全力砸在牆壁上。金屬鈍重的聲音響徹整個狹窄的倉庫內。

「哎呀哎呀，放輕鬆點嘛。」

曹沃不動如山。用著蔑視的眼神向下看著我。

「給那傢伙昂貴的鞋子和衣服的是誰。教他練習，把他塑造成可用之才的人又是誰？把高級客人介紹給他的又是誰？——要是沒有我啊，你們兩個現在已經橫死在『狐穴』的前面啦。還真不知道你笨成這樣，連這點道理都不懂。」

「不是你硬把客人塞給他嗎。」

「硬塞？」

曹沃高高揚起眉毛。

「這話可不能聽過就算了啊。是那傢伙說想要接客的。而且，那種病應該是緩慢進行的。早在來我的店之前就已經得了吧。可能是之前的店，或是再更早——反正不管怎樣，過著骯髒生活會得病也很正常吧。就是環境造成的疾病啊。」

「拜託你了。」我低下了頭。

「要我做什麼都可以，拜託想辦法讓王冰看個醫生吧。」

瞬間頭被粗暴的力量壓制住。我跟蹌地跪倒在他的跟前。他的高級長褲布料直接貼到我臉上。

「給我吹。」

我用牙齒咬住拉鍊，拉了下來。從內褲裡掏出來，將溼滑的舌頭覆了上去。曹沃手上的力道沒有放鬆。正要把我壓到底的他的手上，食指沒有戴著戒指。我看到手指根部纏繞著腫起如蚯蚓般扭曲的難看傷痕。

才把那個軟塌塌的東西含進嘴裡到一半，曹沃忽然就把我踢飛。頭撞上牆壁，視野晃動起來。

「根本就不用養你這種小狗，想舔我的人還多著呢。」

「那你一開始就不要叫我。」

「那傢伙啊，殺了人對吧。」

突如其來的話，使我驀地抬起頭。

「你有聽過咬狗黨嗎？」

「沒聽過。」我不想要洩漏紊亂的呼吸，「咕嘟」一聲吞了口口水。

「啊，反正愛怎麼回答是你家的事。他們的老大，幾年前被人給殺了。殺他的是手下的男人，聽說是個毛都沒長齊的長髮小鬼。是老大的情婦。」

曹沃又點起一根雪茄。紅色火光緩緩地忽明忽滅。頃刻間，月光變得黯淡，接著便開始響起「唰」的雨聲。

「那幫人拚了死命地找小鬼的去向。情報販子還找到我這裡來了呢。我說不知道——在我這裡工作的，只是個農村出身，沒處理完整的人妖娼妓而已……沒說錯吧？」

「那跟王冰沒有關係。」我答道。「如果你要賣，就把我賣了。」

「哈，哈，哈。」曹沃發出了乾涸的笑聲。「我才不會賣呢。那傢伙可是我們家的搖錢樹。要是交給情報販子，豈不是賠死了。」

我把頭貼到地面上。

「求你了。只求你放他自由就好。不管是什麼事我都願意幹。」

「下禮拜一，會有個男的出現在皇宮酒店大廳的露天座位。殺了那傢伙。就騎摩托車，從柵欄外面把他射死然後逃走。傢伙我會準備。不准失手。」

「……你到底都在幹些什麼事業。」

「只是偶爾當個清潔工而已啦。」

曹沃對我聳了聳肩。

「幫別人清理掉礙事的人。就只是這樣而已。這世上有這種需求的人可是多得不得了。我只是稍微幫他們出一點點力而已。」

「人渣。」

「隨你怎麼說。」

「喂，你到底為什麼經營什麼劇院啊。」

曹沃的雙眼稍微睜大了一些。

「像你這種人，光靠道上的事業就賺很多了吧。」

「——說的也是啊。」他彷彿追尋著煙霧，視線緩緩地在天花板逡巡。感覺他眼裡的好強，似乎稍微瓦解了幾分。

「應該說是收拾善後美夢吧。」

我看著他，無法接受這個說法。平常總是看起來歷盡滄桑的他的側臉，看來突然年輕了幾分。

「你應該沒有讓王冰碰這些糟糕的工作吧？」

「我只讓那傢伙去賣春啦。他可是重要的生財工具呢。不用擔心。他是自願的喔。那是天賦。」

「……最好有人自願幹那種事。」

「我說你啊，該成熟點了吧。」

曹沃的眼裡，忽然冒出怒火。

「自不自願喜不喜歡，為了生存下去都不重要。生存方式這種東西，每個人都是一開始就被命運寫好了的。該想的就只有，如何卯足全力去活對吧。人類能選擇的範圍，就只有這麼少而已。作為個齒輪轉動，不抵抗，只要好好守護自己得到的部分，這樣活下去就好。從一開始就不要做愚蠢的大夢，也就沒什麼好失去的了。」

曹沃的聲音深深地浸透我的耳朵。

「陷在泥底，也沒什麼好去臉的。大家還不都是半個身子泡在裡面，拚命活過來的。不知羞恥地抗拒這件事的，只有你而已。丟掉幼稚的夢想吧——為了生存，就不要去否定泡在爛泥裡的事實。」

他直盯盯地看著我。雙眸射出和王冰相同強度的目光。總覺得，在很久之前在某處看過這樣的眼神。在更亮，更刺眼的陽光下。

「你知道嗎？」曹沃低聲說道。

「那個日本的外交官，想要替王冰贖身。」

我吃了一驚。曹沃繼續說。

「他的任期快要結束了。聽說打算在回國的時候，把王冰也帶回去貼身照顧的樣子。畢竟是外交官嘛。國籍之類的一定有辦法處理。能到日本去就安全了吧。經歷什麼的隨便就能捏造出來……但是，要是被知道生病的話，這件事肯定吹了。你懂吧？就要看，是他先回日本，還是王冰的病惡化得更快……不過，那傢伙大概不想去吧。因為你的關係。」

籠罩著倉庫的雨聲變得更加劇烈。瞬間，我感到不安，懷疑是不是一輩子都沒辦法從這個黑暗的箱子之中出去了。

「你們兩個，到底算什麼啊？」

曹沃捏住我的下巴，就像平常對王冰做的那樣。

「你身上的氣味，和那傢伙不一樣。不會讓人覺得是同條溝裡長大的。也不是兄弟啊。似乎也不是什麼情夫的樣子。為什麼可以為了彼此做到這個地步呢？」

「……是骨頭。」

曹沃一臉難以理解。

「是骨頭。那傢伙是我的骨頭。無可替代。再怎樣也改變不了。」

伸到空中的樹枝。冒出頭的鮮綠。鏽蝕斑斑的排水溝。泥水的腐臭。飄蕩在那裡的粉紅色花瓣。像是女人的哭泣聲，又尖又細的頌濤琴音色。塵土飛揚的巷子深處，背負著朝陽，向著我笑起來的小小王冰的身影。

我揮開曹沃的手，挺起了胸膛。像是要射穿對方的眼睛那樣緊盯著他。這是王冰一貫的做法。

「只有在泥沼中長大的人才會懂。像你這種，一開始就擁有那麼多資源的人根本不可能明白。」

剎那間曹沃睜大眼睛，接著爆出能夠震碎東西的大笑。聲音在鋼骨的牆壁上反彈，厭惡地刺進耳朵深處。

曹沃把歪了的帽子重新戴好，說道。

「鄉下人的做法，嗎?那好吧。我不可能會懂的……我說啊，子彈。」

那是孩提時期常聽見，和年輕男孩拉近關係時用的稱呼。登時曹沃的雪茄的香味，更加強勢地占據鼻腔。不是眼前的實體。而是從記憶的邊角竄起的，小時候聞過的味道。拎著巨大菜刀的肉鋪老闆。圍著路邊擺著的麻將桌，滿是皺紋的男人們。在他們殘缺的手指間夾著，一縷細細長長的煙霧……

這一次，換我瞪大了眼睛。

「一直以為，你本來就是這個城裡的人。」

「一眼就看出那傢伙是南方出身的。只顧眼前好處的樣子。血氣方剛，一旦說出口就絕不會收回。情感脆弱，義氣卻堅決。我說得沒錯吧。」

「你皮膚這麼白。」

「王冰也很白啊。」

「他是……」

「我也一樣。從深深陷在泥沼底下的地方，被拖了出來。根本不曾想過自己會這樣啊。」

「是為什麼。」

「愛過的**女人**。」

正當還在思量話裡的涵義，曹沃的手從黑暗之中伸了過來。以為又要抓住下巴，他按住了我的肩膀，將我推到牆上。

「像你這樣的傢伙，我真的很討厭。」

雪茄的味道再次充滿肺部。這次，是從嘴巴灌進來的。

「那你……就不要玩弄我。」

「正是因為如此啊。」

身體被死死地圈緊動彈不得。曹沃抓著我的五隻手指，像是要刨開皮膚似的深深陷進肉裡。強忍著背後被壓在冰冷牆面上的疼痛時，曹沃硬實的大手從襯衫縫隙滑進。長長的手指緊抓住，使我無法離開。黑暗中只有彼此的呼吸聲響。

心裡想著要是把舌頭伸進來一定要咬下去，但曹沃卻意外乾脆地抽身。

「沒意識到自己被保護著。還當自己是騎士。感嘆隨命運隨波逐流，實際上還不是無動於衷，枯等著事情有所轉機而已……一定要到失去了，才會明白自己究竟有多愚蠢。」

我感覺曹沃的眼中，放出濃烈的綠光。不是我的遙遠記憶之中某個人，穿過那雙眸的深處。

「你又懂什麼。」

「所以啊。」

氣勢更加緊繃逼人。滿載著怒氣的聲音，從頭上灌頂而下。伴隨著大口吸氣的聲音。

「你就去做啊。去救那傢伙。那就是你的工作啊。子彈。」

當晚，我做了一個夢。

王冰慘白的裸體，躺在棺木中。大量的百合花，像是要從棺材裡溢出來似的將他的軀體掩埋。濃烈的甜蜜氣味燒灼著鼻腔。

參加葬禮的只有我一個人。從成堆的花朵縫隙間，勉強可以看見白得發青的臉。王冰一動也不動。理所當然。因為已經死了。已經死了——沒錯，已經死了。因為我的失誤。曹沃交代的工作被我給搞砸了，沒有幫上王冰，那我——那我在幹嘛？沒錯，現在看著他的我。

他的雙頰，透著些微的紅色。嘴唇顏色鮮明，如今看起來生氣勃勃。令人無法想像屍身已經開始僵硬。頭髮和青綠色的百合花莖纏繞在一起。吐著甜蜜得不輸給百合花的香甜氣息，誘惑著我。

我伸出了手。說服自己，他還活著。就在指尖差一點就要碰到他的臉的時候，忽然，臉頰凹陷了下去。開始腐敗。看著他的肉一點一滴從身上溶掉崩解，血液流散，露出了骨骸。骨頭和皮肉之間擠滿密密麻麻的大量蛆蟲。到剛才為止還認為是王冰的軀體，現在已經不再是。蛆在軀體上蠕動、四處彈跳，在血海之中高興地唱起歌來。

——你有一副好骨頭啊　要好好守護朋友喔——

血終於從棺材邊緣滿溢出來，浮著滿滿的百合花，流到了葬禮場地的地上。下意識地往後跳開，僅剩下骨頭的王冰坐了起來，用空洞的兩個窟窿看著我。

「為什麼，沒有救我。」

我努力辯解。王冰，對不起。我愛你。一直愛著你。想要你哪裡都別去。我愛你，所以不想要你被奪走。

剩下骨頭的手捏住我的下巴。百合花鋪天蓋地地覆蓋視野，變得無法看清眼前究竟是花還是白骨。蛆蟲發出嗡嗡聲響湮滅我的聲音。王冰。原諒我。王冰。溼熱蒸騰的花香哽住喉嚨，鑽進身體每一處孔隙，堵住呼吸。最後所有東西不知何時變成海水的味道。盲梟婆布滿皺紋的臉。黝黑的皮膚。像雲母般白濁的雙眼。氣泡水的藍色瓶子。在白晃晃的日光下躍動，琥珀色的柔軟髮絲。回眸的笑顏。

「我才不相信什麼命運之類的呢！」

我的，我的王冰。

我尖叫著跳了起來。黏膩日光晒得皮膚焦灼，大量汗水把床墊浸溼得有如泥濘。看了看身旁，他不在。只有正午的太陽，從窗外俯瞰著我。

皇宮酒店。星期一的下午一點。咖啡廳的露天座位。送槍來的男人從公寓的門外頭露出半張臉，只告知這些，連腳步聲也沒發出便走下了樓梯。只留下用黑布包裹的武器和男人的照片，還有裝在袋子裡的訂金鈔票在我手上。

聳立在橙京的中央大道旁，地價最為昂貴的區域裡那間西洋神殿風的建築就是皇宮酒店。想當然耳，我從來沒有踏進去過。

那天明明已經快要入冬，天氣卻異常炎熱，彷彿夏天痕跡的積雨雲，和藍天一起占據人們的頭頂。我騎著摩托車繞到建築物的後方，矮樹籬的另一頭是一片寬廣的草皮，有個並排白色桌椅的座位區。有別於大馬路那側的喧鬧，靜止如畫的景色屬於這個角落獨享。

我戴著安全帽，向樹叢另一端望去。目標的男人就在距離草叢不遠的位置。在露天座位的中央，把肥碩的軀體憋屈地強塞進藤編的度假風座椅中。離這裡大約是二十公尺左右的距離吧。頭髮剃得十分清爽，臉上戴著年輕人風格設計的墨鏡，但之下鬆弛的臉頰，以及襯衫領口到下巴之間堆積的脂肪層，看得出男人的年齡。

對面坐著的兩個男人看不出是哪國人，但應該不是保鑣的樣子。他們非常熱絡地正在談論著某件事。

我把手伸進夾克的胸前。預藏在懷中的槍沉甸甸的。就算在家裡已經練習過無數次舉槍、扣動扳機，一感覺到那堅硬的手感，脈搏便跳得飛快，手指也不禁顫抖。

——必須下手。

路上沒有人跡。露天座位的賓客誰也沒有朝這邊看。守衛只有露天座位入口的兩個人，像是被這樣的熱天晒昏頭似的呆呆站著。

得快一點，不然會啟人疑竇。豆大汗水不斷湧出，讓安全帽內側起了霧。

我拉開保險，對著男人舉起槍。吸一口氣，屏住呼吸。機會只有一次。準星的另一端，看見了男人圓胖的腦袋。

就在扣下扳機的前一秒。有個人從露天座位的入口現身。就在看見那個熟悉的身影的瞬間，我無法呼吸。不自覺把槍放了下來。

——為什麼。

是王冰。戴著假髮，穿著白色洋裝。他靠近目標的男人，將手撐在桌子上，彎下腰來跟他們說話。男人親暱地從背後攬住王冰。王冰的視線穿過男人的身體，朝這裡瞥了一眼。他瞬間瞪大雙眼。男人回過頭，坐在對面的兩人看了過來。

——糟了。

當回過神來已經扣下扳機。空洞的槍聲響起，對面的男人們幾乎同時舉起槍。沒有多餘的力氣思考。胡亂地又接連開了兩槍。直接催動摩托車。槍聲追了上來。

我的心跳持續加速，將引擎催到最大往大街上直奔而去。在川流不息的車陣間鑽來鑽去，全力疾馳。不久身後便傳來警笛追來的聲音。眼前的燈號是紅燈。

中央大道的十字路被數量驚人的行人完全填滿。我不顧一切騎著摩托著從縫隙間穿了過去。差點被撞到的行人發出慘叫聲。先前計畫好的逃跑路線已經完全拋諸腦後。被抓到是時間早晚的問題。充斥的排氣管遮蔽了視線。警笛聲在大樓之間迴響。我聽見有人大喊：「抓住他！」心跳有如要爆炸般劇響，眼前變得一片赤紅。

——已經殺掉了嗎。

應該沒有射中王冰才對。在擊發第二槍的前一秒，看見他轉過身躲進桌子後面。如果沒看錯的話，第三發子彈應該命中了男人肥胖的身體，男人的身體整個彈跳起來。杜瓦那時候是正當防衛，但這次不同。我是帶著明確的故意，把人給殺了。

伴隨著尖銳的破裂聲，車體遭到衝擊。失去重心大大地向右偏斜。接著是一連串的爆裂聲落下，灼熱的東西掠過手臂。看了看後照鏡，從追在後方車子的車窗裡有個男人向我舉起了槍。我緊握著油門，狗急跳牆般地加速到極限。旁邊行駛的車的側車窗破碎，四散的玻璃飛濺而來。似乎有聲沉重的槍響，我隨著一股鈍重的衝擊被拋到空中。撞擊到地面的同時，四肢傳來彷彿被千刀萬剮般的痛楚。輪胎被打穿了。滾倒在人行道上的我，眼中看見五彩繽紛的招牌。白天沒有開燈，色彩顯得黯淡，僅管如此還是知道在熟悉的老街巷弄裡。密集而狹窄的巷子，還有數量驚人的住宅擠在一塊。從後面追來的車子受到路邊的違停車輛與行人阻礙，在距離我約莫還有三十公尺的地方停了下來。從中衝出兩、三個男人。我擠出僅存的力量死命鑽進建築物的縫隙之中。

——還有機會，逃得掉。

即使是大白天，老街裡面仍然陰暗，左右都被建築物包圍，橫越過頭上的晒衣繩吊滿大量衣物，遮蔽陽光創造出許多陰影。我將安全帽和夾克脫下棄置，拖著不方便的腳，把身體擠進建築物與建築物之間微小的縫隙。設法藏身在室外機和被棄置的衣櫃空隙之中。那群人的叫聲，還有沉重的腳步聲在近處響起。像是與其相疊一般，警笛聲從遠方逐漸逼近。待在這裡很快就會被發現。必須再找縫鑽逃出去不可。

突然，手被猛力一拉，我嚇了一大跳。

「璐！」

是王冰。白色洋裝被塵土弄髒，身體勉強地硬塞進建築物的間隙之中。

「走這裡。」王冰扶著我站了起來。支撐著我的腋下，帶著我前進。

「為什麼，你……」

「我們一起亂跑亂鑽的經驗還少嗎。」

他一邊粗喘著氣，笑了出來。

「遇到危機就愛往這種死胡同鑽，你還是沒變啊。」

「不，不是說這個。」

「噓。」他把手放在唇上阻止我。從胸前拿出某樣東西。拿到我眼前的是裝在透明塑膠袋裡，四邊形的紙張。

「這個，拿去吧。」

「什麼。」

我一瞬間愣住了。已經搞不清楚是什麼情況。那張紙上貼著我的大頭照，還註記著沒見過的名字。紙片的最上面寫著「煌港市特別行政區居留證」。

「被你殺掉的那傢伙，是偽造證件的人呀。一開始是曹沃的客人沒錯，最近和曹沃的大客戶起爭執就被冷落了。我本來就沒有經過曹沃跟他交涉，請他幫你做了身分證明。」

王冰快速地交代來龍去脈。「嘶」地吸了一口氣。

「然後，今天是約定的交貨日……誰知道你竟然跑出來攪局，實在是出乎意料。」

「怎麼可能。」

我看著他。他將身分證明塞到我的手中。

「難道，你就是，為了這個。」

「既然聽懂了就趕快帶著這個逃跑。越過運河，那些傢伙們也追不過去了。不要白費啊。」

王冰的唇色鐵青。額上掛著豆大的汗珠。即便如此微笑還是好好地掛在臉上。

「不行。」我咬牙對他說道。

「我不可能一個人去……離開你，我不可能不後悔……」

「讓你陪在我身邊至今真是抱歉啊。」王冰撫摸著我的後背。跪著的我，胸前貼上了他的心跳。

「從今以後，你要為了自己而活。叫上莉莉一起吧。」

「不對。」

說時遲那時快。從他的背後，巷子的出口跳出人影。是追擊的男人。他把槍口對準我們，瞄準了王冰。

「危險！」

身體搶在思考之前行動。我用盡渾身的力量把王冰推離，站在男人的面前。幾乎是在視線變得開闊的同時，胸前傳來衝擊。就在倒下的前一刻，設法舉起槍，扣下了扳機。從眼角餘光看見男人倒了下來。

「璐！」

燃燒般的痛楚，從傷處衝上氣管的滾燙液體使我無法呼吸。全身麻痺，失去知覺。昨天的大雨讓路上一片泥濘。我滾到爛泥之中。頭上是足以刺穿眼睛般的藍天。射入建築物縫隙間的陽光占據視野。遮住太陽光的，是熟悉的那張臉。

「你這……笨蛋。」

「快走，王冰。」

我說。這次換我笑了起來。

「我已經拜託曹沃，要把你治好……還有，我煮了牛奶粥，要趁壞掉之前趕快吃呀。」

炙熱的液體滴答滴答濡溼了臉頰。這是我活了二十年來，第一次見到的他的表情。

「我一直都，有種錯覺。我的命運，就是會一直跟你在一起。」

「就是啊。」王冰哽咽道，像孩子般吸著鼻子。

「說到要做到啊，璐——要跟我在一起。拜託你。」

「但是，我錯了……欸，王冰，可以替我完成我的夢想嗎？」

接下來我說出口的話，在傳到耳裡之前，就被「啪噠啪噠」的複數腳步聲和地面的震動給掩蓋。將耳畔靠在我唇邊的王冰，流著淚抬起了頭。我腳步不穩地站起來，用力將他的身體壓下。接著往巷子的前方走去。竭盡最後力氣，向著聲音的來處站穩腳步。看見出現在眼前的男人們一同對我舉起了槍。

被火藥的味道包覆，失去意識的瞬間，在我的視線中無限延伸開來的，是刺眼的蔚藍、故鄉那片魔幻的海，以及散落在泥地之中，那鮮紅的花瓣。

尾聲

粉桃色的花瓣，散落在髒水之中。旁邊就有水溝可以沖走，只有這處特別淤塞，水流近乎停滯。就像是空中的粉色薄霧施了魔法，拚命想要留下同伴們最後的餘命。

「在看什麼呢？」

身後有人叫住了我，回過頭，是個老人站在那裡。

他走近倚靠在陽臺的扶手上，向下望著的我身旁，跟著一同往下看。

「櫻花啊。」

日本只要到春天，櫻花就會盛開。這棟宅邸的庭院裡也有著巨大的櫻花樹，枝頭開滿了花，將空中染成一片粉桃色。庭院的地面上堆積著飄落的花瓣，形成花堆。

「每年到這個季節，你不是看著盛開的櫻花，光看落下來的花瓣呢。」

老人說著，露出覺得稀奇的表情看著我。

「為什麼不是看開滿枝頭的花，而是掉在地上的花瓣呢？」

「……活著的花，讓我的眼睛覺得很痛。」

我用專門用來講日文的假音答道。

老人似懂非懂地「唔」了一聲，接著便不發一語。我們就那樣繼續看花。老人賞著櫻，我看著散落在泥裡的花的屍骸。

頭頂上方是顏色不明朗的天空，在薄薄的雲後方顯得十分廣闊。

這個地方非常安靜，與世隔絕遠離塵囂，就像被裱裝在畫框裡的一幅古畫。

璐死了之後，我來到日本。治療身體所需要的錢，全部都是曹沃準備的。那是璐賺來的錢。大使以口譯的名義僱用我，將我帶回日本。現在讓我做些跟外交相關的細瑣雜事。時不時也會有那個國家的客人來這間屋子拜訪。我的工作包含教導女僕與傭人語言。大家都叫我老師。是大使讓他們這麼叫的。這個屋裡沒有人把我當作大使的小妾。大家都很文明。對我來說實在是過於優渥的待遇。每次，被叫老師的時候，我都會在心裡否認。我並不是配得上這個稱呼的人，這點我自己最清楚。

最後的最後，我還是再次犯下錯，失去一切。違抗命運的結果，就是連最重要的人，以及一切全部都被奪走。正如盲梟婆所說。

她當時對著準備要去復仇的我這麼說道。

「要是違逆命運，骨頭就會歪曲。憤怒的骨頭會把一切全都破壞。那也是你命運裡注定的。不要想著奪取什麼。應該要全盤接受順從骨頭——聽從你自己，真正的聲音。」

當時完全沒有聽懂。認為在心裡翻騰的復仇之心就是我的初衷。因此便順著行動。一點也沒有考慮到，那會給最重要的存在帶來怎麼樣的影響。

櫻花嘩嘩地不停飄舞墜落。那個景象讓我想起故鄉的小鎮上，春天的尾聲時開得滿山滿谷的粉紅色花朵。南國花朵散發出潮溼濃烈的氣味，和這邊只盛開一週便凋落散盡，如夢似幻的這種可以說毫無相似之處，但對我來說都一樣令人想起逝去的故人。

當年那時候，看見堆積在路邊的花瓣，懷著赤子之心的我覺得好美。最終總要隨著汗水一起消失，但在那之前奮力強調著自己生命的鮮豔色彩，令我十分神往。心裡想著想要活成那樣子。即便覺得那和蜷縮在泥濘之中過活的我，簡直是天壤之別。因此從來沒想過，長大之後真有這麼一天，會穿上和那種花一樣顏色的洋裝，在人們眼前拋頭露面。就算如今，得以在日本過著生活，那鮮豔的花朵的顏色已深深烙印在視網膜，不管看著什麼景色都隔著那層濾鏡。

被老人催促，我從陽臺走了進來。客廳掛著之前駐在那個國家時候拍的照片。被切成四邊形，褪了色的那個城鎮的風景，沒有顏色與氣味，和真正的城市相去甚遠。儘管如此，每次看見那些照片的時候，還是會想起過去自己親眼所見的街道光景、親身經歷的喧囂，以及那裡落下的濃濁的雨水味道。想起總在我身旁搖晃著，他的肩膀、他的聲音、他的笑臉。

為什麼，只有我僥倖活下來呢。

璐的遺體被警察收走了。肯定被視作無名的流浪罪犯，沒有人會呼喚他的名字、沒有人會為他憑弔，就那樣化為焚化爐的雲煙消失在空中了吧。不論是牌位，還是骨頭，什麼也沒有留下。

我究竟，想和他成為什麼樣的關係呢。

人生一路上把身體交給各式各樣的人換取活下去的機會。就算不是想要，卻是必然。沒有多餘的心力思考正確還是不正確。然而，卻不敢把身體交給他。

我們直到最後都是朋友。除了那個夜晚。

那時候交疊的雙唇，到底有著什麼樣的涵義，直到今天我都還在記憶之中探尋著。繼續卑鄙地，苦苦糾纏，不停乞求著。彷彿用雙手捧起爛泥，只為撿拾出沉在底下的粉紅色花瓣般。

「走吧。」老人說道。我將外套拿了過來。客廳的牆壁上掛著的鐘，指針快要觸到寫著二的字樣。

今天身上穿的，是件裙襬幾乎拖到地面那麼長的深紫色洋裝。雙手從手指到肘部戴上皮革手套，綴了八圈珍珠的頸帶遮住喉結。今天並不是口譯，只是陪著大使去參加派對。只要不說話，就不會一眼被發現是男的。

為了生存竭盡全力那些時日的能量，已經不需要了。就好像螺絲鬆了好幾個，無法轉動的時鐘那般，只是徒勞地，勉強保持著原本的身形。在這裡，沒有人渴望我本身的聲音。也沒有人會對我丟來任何隻字片語。用真正聽得懂的語言。

就連命運這種東西，應該也完完全全從我的身上被拔除了吧。

勞斯萊斯無聲地繞過宅邸的後方迴轉，停在大門前。老人與我各自打開左右車門坐上後座。車子再度無聲地啟動，甚至沒有捲起庭院裡的一粒沙。

車窗外的陽光穿透樹木枝椏，在座椅上形成蕾絲般的波紋不停流轉。有時耀眼的日光也會像小魚一樣閃動光芒。老人坐在另一側往窗外看去。我也把目光投向窗外。我們幾乎不會交談。他並不喜歡多餘的談話。就連他至今走過怎麼樣的人生，我也幾乎都不知道。或許正因為如此才能夠一起生活吧。我猜想過，他是不是也曾經失去非常重要的人，但是就連想問那些事，我的日語程度也還不足以構築出那樣的句子。

穿過了枳樹和杜鵑，車道兩旁彷彿天頂般覆蓋天空的喬木，汽車行駛到公路上。沿著巨大的宅邸邊開一陣子，終於開進大馬路。不知是不是陽光明媚，路上的人很多。

我的視線落到膝蓋上，安靜地搖擺著。

「開個收音機吧。」老人喃喃道。司機扭開收音機的開關。帶點乾澀的聲音開始在微暗的車內流瀉。像海浪般，在耳殼之中來回，將我拖往記憶深處。

「想要殺了老大。」一開始說出這句話的是米米。

她說：「憑什麼我們身處在絕望深淵的同時，從我們身上奪走幸福的人還可以活得那麼悠哉，無法接受。」我便提議將暴虎引誘出來殺掉。當米米舉著的刀的刀尖，刺進覆蓋在我身上那傢伙肚子的瞬間，我把那傢伙往上頂的同時近距離看到了。刀刃上映出了他死前的臉，和抬頭看著的我的臉。大量的血有如暴雨般從他身上噴出。扯下床單，兩人合力將屍體捲起抬出來。從那之後，我就沒有再見過米米。

不知道是否跟我一樣，她對於她的選擇，至今仍沒有後悔呢。

透進車椅的日光，似乎稍微變得更亮了一些。我詫異地抬頭，發現馬路兩側是開滿了花的櫻花樹。數以千計的花朵怒放著，爆炸般地開在空中。輕柔地隨風搖擺，最後筋疲力盡，嘩啦嘩啦地凋零墜落。花的屍骸遮住擋風玻璃，也將兩側車窗完全覆蓋，我們被埋進淡粉色的大海之中。車子似乎愛護它們般，慢慢、慢慢地開著。

收音機的狀況發生變化。一連串熟悉的聲音，注進粉紅色的水槽裡。聲音好像隔著薄膜那樣遙遠，我花了一些時間，才發現那是原本待的國家的語言。切換成了從外國的直播。

鄰座的老人注意到我微微向前探出身子，「啊啊」一聲開口道。

「因為今天是日本跟那個國家的友好紀念日啊。大概是特別節目吧。可能會播你聽過的歌呢。」

主持人的開場白之後，開始傳出輕柔的鋼琴音色。聽起來耳熟的旋律，從收音機的喇叭慢慢滲了出來。那是首非常古老，南方的歌謠。講述女子與男子分手之後卻還思慕著對方，隨處可見的歌詞。

小時候，母親總想把我打扮成女孩。應該是很想要有個女兒吧。我也總是乖乖地順著母親。被父親害得哭泣，沉著一張臉不斷說著憎恨話語的母親，我只希望能看見她的笑容就夠了。不論外表的模樣，或者自己變得怎樣，只要能守護重要的東西，都無所謂。

後來妹妹出生，母親便給了她所有的關愛。

「懷念起故鄉了嗎？」老人問。

「我並沒有什麼故鄉。」我將視線朝向窗外說道。

櫻花捲起漩渦，更加洶湧地吹了過來。彷彿在招手般，搖搖晃晃地飄蕩著，想從記憶的最深處撈出什麼來。和璐看過的海、和璐一起奔跑的乞骨街的小巷弄、從汽水瓶的瓶底看出去的月亮、他那柔軟的舌。

「大家好。」

忽然間，一道嬌滴滴的聲音從喇叭竄出，我吃驚地回過神來。歌曲已經播放完畢。

主持人用日語解說著。

「今天很榮幸邀請到煌港的超人氣歌手 Li-ly 來跟我們一起直播。Li-ly 小姐，還請多多指教。」

「還請多多指教。」

生澀的日語打入耳中。在那孩子氣的語氣中，帶有凜然的堅強。

「Li-ly 是三年前閃電出道，粉絲不分世代族群的人氣歌手……」

主持人興奮的聲音，隨著收音機的沙沙聲傳出來。

「你好像知道她啊？」一旁的老人問道。「應該是跟你同個世代呢。」
「應該，曾經在同個劇場。」我說。
老人「喔」了一聲。
「我都沒發現呢。因為那時候我都只顧著看你啊。」
她曾經到病房來問璐的去向，我沒有辦法說出真相。取而代之將璐留在公寓的信封拿給了她。
莉莉硬是吞下淚水。
「我明白了，那是他選擇的路呀。」
只說了這句話。我那時才第一次聽說璐和她的關係。
她去了煌港，我只有從曹沃那邊聽說這個部分。當上了歌手是最近才知道的。
主持人和她的對話繼續進行著。可能是訊號不良，有時雜訊會蓋過談話內容。
「接下來獻唱的歌曲，是Li-ly在成為職業歌手前，參加徵選時創作的自創曲，據說就是這首歌讓她出道的喲。這次，作為出道三週年的紀念，特別在本節目為大家演唱……這首歌對 Li-ly 來說，也是特別有感情的歌曲的樣子呢。」

「這首歌的歌詞，是對我來說很重要的人，在分別之前留下的作品。他曾經為我寫過好幾首詞，這是最後完成的創作。」

「是怎麼樣的人呢？」

「……命中注定的人。」

主持人動搖的樣子透過音響傳了出來。

「妳的意思是說……」

「既不是情人，也不是家人。我認為，他就是我命中注定的人……就連分開之後，還是帶給我幸福的涵義。」

「哎呀哎呀，聽起來是非常熱血的故事呢。」

主持人聽起來有點不知所措地接話道。

「我認為，人的一生有什麼意義，取決於那個人不在之後，留下來的人怎麼活下去——他是總將身邊人的幸福作為最優先考量的人。所以，被留下來的我過得幸福，對他來說也是幸福吧。所謂命運，不是一個人就能完成的東西。是透過別人的手……經過跟自己有關的所有人的手創造出來的。他成就了我的命運。所以，他是我命中注定的人。照這樣說起來，今天聽著我的聲音的各位，對我來說也都是命中……」

談話播出到這邊就被雜訊遮蔽。收訊變得混濁。訊號再度接上的時候，已經輪到主持人為訪談進行收尾。

「那麼接下來讓我們來聽她的演唱……」

聽不清楚歌曲的名稱。

收音機的音量變大了。小時候，在那個小鎮時常聽見的弦樂器的音色，一遍又一遍地響起，彷彿安撫著心靈。在祭典之夜，劃破漆黑夜空的高亢笛音，滲透流淌全身的血液，讓身體搖晃。

啊，我感受到了。

爆炸般盛放，颳起漩渦鋪滿整條道路的粉紅色花瓣。在記憶的底層再度吹動，和眼前飛舞飄散的櫻花花瓣重疊，和現實的景色交疊將我吞沒。胸中凝固的某種東西一片片崩落溶解。就像路旁的泥土，讓花瓣溫柔地落成小丘。

她的聲音和旋律交融，從音響流瀉出來。耳朵一瞬間就被抓住了。渾厚有力、撼動人心，在我面前栩栩如生地做出那個滿是塵埃的土色光景。那明明是她絕不可能知道的事物。我喪失了自己身在何處的認知，被丟進時空的斷層之中。視野被渲染。充滿比櫻花還要通透的白。在那之中，浮現出思念的深愛面孔。

那首歌是這樣唱的。

骨頭之中，被你的聲音浸透
至今也未曾剝落
若我的肉體消亡必定會前往天國
因爲你給予
塡滿我全身的祝福
落下的愛成堆　將你的身體包覆
最後都會化做幸福
能給的我會給你全部
你的聲音就是我的靈魂
我的靈魂　與你的音色共存

突然有什麼東西滴落到手背。那個滾燙的物體，如同從收音機流淌出來的音符，從身體深處不斷地不斷地滿溢而出，滑過我的臉龐。從臉頰，到脖子，全都不留餘地地被打溼了。

「怎麼了呀。」

老人吃驚地看著我的臉。

「是不是，想起什麼難過的事情了呢。」

「大使。」我說道。

「我想要讓身體回復原狀。」

「啊啊。」老人表現出稍作思考的樣子，以脫力的聲音說道。

「就照你的意思吧。畢竟是你的身體呀。」

他指著我的心口處繼續說道。

「樣子改變只是小事。重要的東西，全都在你的這裡。」

「之後，我想辭掉這份工作。」

「辭掉之後怎麼辦呀。」

一直以來堵塞著的感覺，被莉莉的歌聲牽引著，從骨髓之中滿溢而出。

「我想要，再一次唱歌。」

「……我也一直在想，不知道哪天你就會提出這件事呢。」

他的手悄悄地放到我低著的背上。

「那也照你的意思吧。我會盡量支持你的。」

「謝謝您。」

「這個國家也變得很不錯了。現在已經是個不管用什麼方式，什麼模樣活著都可以被接納的時代了。就隨心所欲地過日子吧。你有這樣的能力。被國家、社會、時代壓制著過活，讓我們這個世代體會過就足夠了。」

被淚水和鼻水妨礙使我發不出聲音。老人繼續撫摸著我的背。啊啊，這個人的手也好溫暖啊，我茫然地這麼想道。

我反手關上貼著成千上萬飄落櫻花的車門，車子便悄然無聲地滑進大街上。我將已逝之人的揮手留在身後，走進陽光照耀的喧囂中。

感受著自己軀體的熱度，我閉上了雙眼。

在幻想之中，我抱著他的骸骨。璐那副蒼白光滑的骨頭，在不知不覺中從手裡輕柔地潰散，乘著風飛去。他在最後一刻所說的話，不經意地在腦海中復甦。

就好像從雙手上殘留的那片空白，重新獲得了生命。

「王冰，你可以替我完成我的夢想嗎？」

「你說，璐。」

「你一定要幸福，王冰。」

——全書完

高寶書版集團
gobooks.com.tw

CRS047
窄巷深處的王冰
路地裏のウォンビン

作　　者　小野美由紀
封面繪圖　yoco
譯　　者　Vanished Cat
美術設計　林檎
編　　輯　薛怡冠、廖家平
校　　對　賴芯葳
版　　權　張莎凌、劉昱昕
企　　劃　黃子晏
排　　版　彭立瑋

發 行 人　朱凱蕾
出　　版　朧月書版股份有限公司
Hazy Moon Publishing Co., Ltd.
地　　址　臺北市內湖區洲子街 88 號 3 樓
網　　址　www.gobooks.com.tw
電　　話　(02) 27992788
電　　郵　readers@gobooks.com.tw（讀者服務部）
傳　　真　出版部　(02) 27990909　行銷部 (02) 27993088
郵政劃撥　19394552
戶　　名　英屬維京群島商高寶國際有限公司臺灣分公司
發　　行　英屬維京群島商高寶國際有限公司臺灣分公司 / Printed in Taiwan
Global Group Holdings, Ltd.
法律顧問　永然聯合法律事務所
初版日期　2024 年 7 月

國家圖書館出版品預行編目 (CIP) 資料

窄巷深處的王冰 / 小野美由紀作 ; Vanished Cat 譯 . -- 初版 . -- 臺北市 : 朧月書版股份有限公司出版 : 英屬維京群島商高寶國際有限公司台灣分公司發行 , 2024.07
面 ;　公分 . --

譯自 : 路地裏のウォンビン

ISBN 978-626-7362-50-1 (平裝)

861.57　　113000973

朧月書版

朧月書版